U0820892

世界经典文学名著

——影响你的一生

中国经典

新课标必读系列丛书

THE NEW CURRICULUM STANDARDS REQUIRED SERIES

二十世纪中国散文精选

邓美琼　吴培蓉／选编

名著阅读的最佳引导者

海峡出版发行集团 THE STRAITS PUBLISHING & DISTRIBUTING GROUP | 福建人民出版社 FUJIAN PEOPLE'S PUBLISHING HOUSE

图书在版编目（CIP）数据

二十世纪中国散文精选 / 邓美琼选编．——福州：福建人民出版社，2013.10　（2017.7 重印）
（新课标必读系列丛书）
ISBN 978-7-211-06809-8/01

Ⅰ．①二…　Ⅱ．①邓…　Ⅲ．①散文集－中国－20 世纪
Ⅳ．① I266

中国版本图书馆 CIP 数据核字 (2013) 第 187741 号

外国经典 新课标必读系列丛书
The New Curriculum Standards Required Series

二十世纪中国散文精选

邓美琼 / 选编

总策划：周凯龙　汤伏祥　林顶
责任编辑：林顶
出版发行：海峡出版发行集团
　　　　　福建人民出版社
网　　址：www.fjpph.com
地　　址：福州市东水路 76 号
电　　话：0591-83635634
装帧设计：君阅书装
插图绘制：北京印刷学院
　　　　　数字出版绘画艺术工作室
经　　销：福建新华发行（集团）有限责任公司
印　　刷：北京一鑫印务有限责任公司
地　　址：北京市顺义区北务镇政府西 200 米
开　　本：787mm×1092mm　1/16
印　　张：12.5
字　　数：250 千字
版　　次：2013 年 10 月第 1 版
印　　次：2017 年 7 月第 2 次印刷
定　　价：29.80 元
书　　号：ISBN 978-7-211-06809-8/01

新华福龙 XINHUA FULONG
发行中心：福建省福州市福光路 189 号 3 楼　邮　　编：350014
电　　话：0591—63121760 63121761　传　　真：0591—87576255
版权所有，翻印必究　如发现印装质量问题，请与承印厂联系更换

导 读

在古典文学中，作为一种文体概念的“散文”，主要有两种形式：其一是指和韵文相对称、不押韵的文章，其二是指和骈文相对称、句法不整齐的文章。进入20世纪，随着西方近代文艺理论的引进，散文的概念也在一定程度上得到了新的阐释和确立，逐渐为人们所接受和重视。正是在吸收外来思潮和接受固有传统的基础上，现代意义上的散文迅速发展壮大起来。总而言之，现代散文题材内容广泛，形式丰富多样，举凡杂感、短评、随笔、速写、游记、书信、日记、报告、通讯、特写等，都可以归入散文的范畴。因此，可以这样说，中国20世纪的散文，既是对古代散文的合理继承，也吸收了外国散文的优点进行创新发展，特别是五四后的散文，是新文学中最有成绩的一个部分，出现了许大师级的作家和传世作品。20世纪的中国散文的百年，绝非中国历史上过去任何一个百年可比！它是不平常、不平静的一百年，是风雷激荡、革故鼎新的一百年，是沧桑巨变、天翻地覆的一百年！好的散文同时也是语言的精品，或典雅凝练，或朴实真切，或幽默诙谐……其中包蕴着丰富的意象，显示出音调与节奏的美感。

名家名作等经典的魅力常常是经久不衰、令人百读不厌的，本书是20世纪散文名家名篇佳作的精选，收录了梁启超、李大钊、鲁迅、郑振铎、胡适、夏丏尊、叶圣陶、茅盾、须地山、王统照、徐志摩、俞平伯、朱自清、郁达夫、冰心、沈从文、闻一多、萧红、林徽因、梁实秋、余光中、陶然等数十位名家的代表作。这些作品有的深邃，有的轻松；有的严肃，有的诙谐；有的凝重，有的洒脱；有的峻急，有的飘逸。通过阅读这些名篇佳作，可以提高读者文学鉴赏水平，并随着作家的眼光走进历史、走进人生、走进作家的心灵深处，从中收获许许多多值得珍藏的精神财富。下面列举本书中的几篇散文略加赏析。

如梁启超的《少年中国说》中，扣住一个“老”字，在备述“老大帝国”的种种“老大”现象之后，特别去着力揭示当时那些手握“国权”的“老朽之人”的卑微的人格，空虚的灵魂，尸位护权的自私心理。他说，西欧、日本之所以称中国为“老大帝国”，首先“则以握国者，皆老朽之人也”。而这些人本来就无德无能，“自其少壮之时”，就不知亚洲、欧洲为何地，汉祖、唐宗为何人，再加上封建伦理、官场倾轧的“搓磨”“陶冶”，“脑髓已涸”，“血管已塞”，“气息奄奄，与鬼为邻”。其肉体已非盲则聋，非跛则瘫，“步履”须左右扶捉，“言语”更“不能自了”，而将“二万里山河，四万万人命”，交于其手，国家精神怎能不老！在中国古代的散文作家中，很少有人以冷静、客观的心理分析见长，而梁启超在这里几乎是借用了欧洲小说家描摹人物心理的手法，对那些手握国柄而又老朽不堪的人的心理状态作了无情的解剖。

鲁迅的《春末闲谈》为了揭露统治阶级了维护其统治，施行种种麻痹术用自然界中的细腰蜂作比，分析其同异，揭示其实质，显得生动形象，新鲜贴切。以“刑天”的传说和陶潜的诗句，来说明人民的斗争精神及一切压迫和麻痹术之无效，也十分鲜明有力。文章题名“闲谈”，思路无拘无束，结构活泼富于变化，细腰蜂和青虫的传说，中外古今各种事例的旁征博引，使文章具有丰富的知识性和生动的趣味性，在“闲谈”中阐发了深刻的思想。语言幽默风趣，好用反语，令人在开颜一笑中受到思想启示和感情陶冶。作者先从细腰蜂谈起。这种蜂十分残忍，在它捕捉小青虫或蜘蛛后，并不立即吃掉它们，却用它那“神奇的毒针”，把他们麻痹到不死不活的状态，作为自己孵化子女的载体，等到幼蜂出来后，又成为幼蜂的食料，而且是新鲜的食物。因为它们并没有死，不会腐烂。鲁迅把细腰蜂视为一种残忍的凶手，而又是一个学识技术极高明的解剖学家。它的残忍之处在于它不立刻致小青虫或蜘蛛于死地，而是让他们“不死不活”，在痛苦中受折磨而又为它服务，直到最后被吃掉。作者在这里谈细腰蜂，实际上是一种形象化的说理，说明了古今中外的统治者虽有细腰蜂之志，却无细腰蜂之术的道理。他们妄想永远骑在人民头上作威作福，奴役人民，采取了种种禁锢和麻痹人民思想的统治方法，都是在寻找像细腰蜂的“神奇的毒针”那样的“奇妙的药品”，让被统治者服用后像小青虫那样“不死不活”，供他们驱使和享用，但结果总是失败。他们的各种麻痹术，不能像细腰蜂那样奏效。因为细腰蜂要求小青虫或蜘蛛只须不懂而又不死，而统治者要求被统治者的是既运动，贡献玉食，又要无知觉，不反抗。这是根本办不到的事情。因为被统治者是有思想的，而思想又是无法禁止的。所以历史在代代更替，统治者一方面统治人民，一方面又被不时地推翻。作者借引陶潜的诗句，指出被统治者“无头也会仍有猛志，阔人的天下一时总难得太平”。这表现了鲁迅对人民的力量，对人民的反抗斗争精神的信心和乐观态度，也表现出了他对统治者的嘲弄和讽刺。于是在“闲谈”之中，深刻的寓意和鲜明的现实性也就表现出来了。

我们常说文如其人，同一个人在不同心境下对同一事物感受会有很大差别，更不用说两个人揣着不同的心境游历同一景了，本书特别选取了朱自清、俞平伯同题散文《桨声灯影里的秦淮河》。朱自清是故地重游，而俞平伯则是初次游历：一是“初泛”，一是重游。寥寥几字切中要害。俞游秦淮河是初到者的“泛”游，是观景辩向的初级阶段；而朱重游是建立在已有的见识之上的进一步深层次的认识。也就是说俞的“初泛”决定他的文重“物”即景，而朱文重“情”也就是说是物以上的深层次思考；这也同样决定了俞文情随景迁，而朱文则是情随思移。具体讲，朱文依次写秦淮河里的船、秦淮河水、秦淮河岸人家、河里游玩时发生的趣事，笔端触及处无不是情之所至。再看俞文，依次写，开穿，初泛灯舫，夕阳西下，谈天饮酒，暗夜里前行、绿影里停泊直到“前面已是复成桥”，情随景来笔到之时即景到之处。由此二者之异可见一斑。加上二人对写文章态度不同，所书之文自然著色不能一也。朱文细致质朴，俞文“主心主物”，即朱以文悦我心，俞则以文发之哲思，一个感性，一个理性，溢于文章其风华表里自同文不同质。

胡适的《庐山游记》也值得一提：作者到了庐山这样的胜处，忆古和追史都不可免。能以清简而得要的文字述出，确属好手段。胡先生写白鹿洞书院一段，削繁叶而存茁干，有平易素淡之美。文曰：“白鹿洞在历史上占一个特殊地位，有两个原因。第一，因为白鹿洞书院是最早的一个书院。南唐元中（937—942）建为庐山国学，置田聚徒，以李善道为洞主。宋初因置为书院，与睢阳石鼓岳麓三书院并称为‘四大书院’，为书院的四个祖宗。第二，因为朱子重建白鹿洞书院，明定学规，遂成后世几百年‘讲学式’的书院的规模。宋末以至清初的书院皆属于这一种。到乾隆以后，朴学之风气已成，方才有一种新式的书院起来；阮元所创的诂经精舍、学海堂，可算是这种新式书院的代表。南宋的书院祀北宋周邵程诸先生；元明的书院祀程朱；晚明的书院多祀阳明；王学衰后，书院多祀程朱。乾嘉以后的书院乃不祀理学家而改祀许慎郑玄等。所祀的不同便是这两大派书院的根本不同。”如宣讲书院史略而要言不烦。这般概说，完全出诸平白的直叙，不发一点议论、不抒一点情在里面，真见出胡先生在学问上的功夫。只这疏淡自然的几笔就可详明，何劳多费字句呢？这种学者式的叙写状态，偏重的是知识，而非世人习见的理与情，或是看似精彩的比喻和形容，很可以透出一种从容的风致。

总之，本书以这样少的作家表这百年散文的状貌，深感困难和无奈——遗珠之憾，在所难免！从某种意义上来说，散文的艺术魅力，很大程度上就是靠感觉，本书即通过选编这样少的作品来囊括 20 世纪中国散文的成就，本着用渗透着作家独特情感心志的富有情味的语言去打动读者，让读者感受到这一个世纪散文的魅力。

目 录

少年中国说

梁启超

梁启超，中国近代史上著名的政治活动家、启蒙思想家、教育家、史学家和文学家、学者。戊戌变法（百日维新）领袖之一。曾倡导文体改良的“诗界革命”和“小说界革命”。其著作合编为《饮冰室合集》。

日本人之称我中国也，一则曰老大帝国，再则曰老大帝国。是语也，盖袭译欧西人之言也。呜呼！我中国其果老大矣乎？任公曰：恶！是何言！是何言！吾心目中有一少年中国在。

欲言国之老少，请先言人之老少。老年人常思既往，少年人常思将来。惟思既往也，故生留恋心；惟思将来也，故生希望心。惟留恋也，故保守；惟希望也，故进取。惟保守也，故永旧；惟进取也，故日新。惟思既往也，事事皆其所已经者，故惟知照例；惟思将来也，事事皆其所未经者，故常敢破格。老年人常多忧虑，少年人常好行乐。惟多忧也，故灰心；惟行乐也，故盛气。惟灰心也，故怯懦；惟盛气也，故豪壮。惟怯懦也，故苟且；惟豪壮也，故冒险。惟苟且也，故能灭世界；惟冒险也，故能造世界。老年人常厌事，少年人常喜事。惟厌事也，故常觉一切事无可为者；惟好事也，故常觉一切事无不可为者。老年人如夕照，少年人如朝阳。老年人如瘠牛，少年人如乳虎。老年人如僧，少年人如侠。老年人如字典，老年人如戏文。老年人如鸦片烟，少年人如泼兰地酒。老年人如别行星之陨石，少年人如大洋海之珊瑚岛。老年人如埃及沙漠之金字塔，少年人如西比利亚之铁路。老年人如秋后之柳，少年人如春前之草。老年人如死海之潴为泽，少年人如长江之初发源。此老年人与少年人性格不同之大略也。任公曰：人固有之，国亦宜然。

任公曰：伤哉，老大也！浔阳江头琵琶妇，当明月绕船，枫叶瑟瑟，衾寒于铁，似梦非梦之时，追想洛阳尘中春花秋月之佳趣。西宫南内，白发宫娥，一灯如穗，三五对坐，谈开元、天宝间遗事，谱《霓裳羽衣曲》。青门种瓜人，左对孺人，顾弄孺子，忆侯门似海珠履杂遝之盛事。拿破仑之流于厄蔑，阿剌飞之幽于锡兰，与三两监守吏，或过访之好事者，道当年短刀匹马驰骋中原，席卷欧洲，血战海楼，一声叱咤，万国震恐之丰功伟烈，初而拍案，继而抚髀，终而揽镜。呜呼，面皴齿尽，白发盈把，颓然老矣！若是者，舍幽郁之外无心事，舍悲惨之处无天地；舍颓唐之外无日月，舍叹息之外无音声；舍待死之外无事业。美人豪杰且然，而况寻常碌碌者耶？生平亲友，皆在墟墓；起居饮食，待命于人。今日且过，遑知他日？今年且过，遑恤明年？普天下灰心短气之事，未有甚于老大者。于此人也，而欲望以拿云之手段，回天之事功，挟山超海之意气，能乎不能？

呜呼！我中国其果老大矣乎？立乎今日以指畴昔，唐虞三代，若何之郅治；秦皇汉武，若何之雄杰；汉唐来之文学，若何之隆盛；康乾间之武功，若何之烜赫。历史家所铺叙，词章家所讴歌，何一非我国民少年时代良辰美景、赏心乐事之陈迹哉！而今颓然老矣！昨日割五城，明日割十城，处处雀鼠尽，夜夜鸡犬惊。十八省之土地财产，已为人怀中之肉；四百兆之父兄子弟，已为人注籍之奴，岂所谓"老大嫁作商人妇"者耶？呜呼！凭君莫话当年事，憔悴韶光不忍看！楚囚相对，岌岌顾影，人命危浅，朝不虑夕。国为待死之国，一国之民为待死之民。万事付之奈何，一切凭人作弄，亦何足怪！

任公曰：我中国其果老大矣乎？是今日全地球之一大问题也。如其老大也，则是中国为过去之国，即地球上昔本有此国，而今渐澌灭，他日之命运殆将尽也。如其非老大也，则是中国为未来之国，即地球上昔未现此国，而今渐发达，他日之前程且方长也。欲断今日之中国为老大耶？为少年耶？则不可不先明"国"字之意义。夫国也者，何物也？有土地，有人民，以居于其土地之人民，而治其所居之土地之事，自制法律而自守之；有主权，有服从，人人皆主权者，人人皆服从者。夫如是，斯谓之完全成立之国。地球上之有完全成立之国也，自百年以来也。完全成立者，壮年之事也。未能完全成立而渐进于完全成立者，少年之事也。故吾得一言以断之曰：欧洲列邦在今日为壮年国，而我中国在今日为少年国。

夫古昔之中国者，虽有国之名，而未成国之形也。或为家族之国，或为酋长之国，或为诸侯封建之国，或为一王专制之国。虽种类不一，要之，其于国家之体质也，有其一部而缺其一部。正如婴儿自胚胎以迄成童，其身体之一二官支，先行长成，此外则全体虽粗具，然未能得其用也。故唐虞以前为胚胎时代，殷周之际为乳哺时代，由孔子而来至于今为童子时代。逐渐发达，而今乃始将入成童以上少年之界焉。其长成所以若是之迟者，则历代之民贼有窒其生机者也。譬犹童年多病，转类老态，或且疑其死期之将至焉，而不知皆由未完成未成立也。非过去之谓，而未来之谓也。

且我中国畴昔，岂尝有国家哉？不过有朝廷耳！我黄帝子孙，聚族而居，立于此地球之上者既数千年，而问其国之为何名，则无有也。夫所谓唐、虞、夏、商、周、秦、汉、魏、晋、宋、齐、梁、陈、隋、唐、宋、元、明、清者，则皆朝名耳。朝也者，一家之私产也。国也者，人民之公产也。朝有朝之老少，国有国之老少。朝与国既异物，则不能以朝之老少而指为国之老少明矣。文、武、成、康，周朝之少年时代也。幽、厉、桓、赧，则其老年时代也。高、文、景、武，汉朝之少年时代也。元、平、桓、灵，则其老年时代也。自余历朝，莫不有之。凡此者谓为一朝廷之老也则可，谓为一国之老也则不可。一朝廷之老且死，犹一人之老且死也，于吾所谓中国者何与焉。然则，吾中国者，前此尚未出现于世界，而今乃始萌芽云尔。天地大矣，前途辽矣。美哉我少年中国乎！

玛志尼者，意大利三杰之魁也。以国事被罪，逃窜异邦。乃创立一会，名曰“少年意大利”。举国志士，云涌雾集以应之。卒乃光复旧物，使意大利为欧洲之一雄邦。夫意大利者，欧洲之第一老大国也。自罗马亡后，土地隶于教皇，政权归于奥国，殆所谓老而濒于死者矣。而得一玛志尼，且能举全国而少年之，况我中国之实为少年时代者耶！堂堂四百余州之国土，凛凛四百余兆之国民，岂遂无一玛志尼其人者！

龚自珍氏之集有诗一章，题曰《能令公少年行》。吾尝爱读之，而有味乎其用意之所存。我国民而自谓其国之老大也，斯果老大矣；我国民而自知其国之少年也，斯乃少年矣。西谚有之曰："有三岁之翁，有百岁之童。"然则，国之老少，又无定形，而实随国民之心力以为消长者也。吾见乎玛志尼之能令国少年也，吾又见乎我国之官吏士民能令国老大也。吾为此惧！夫以如此壮丽浓郁翩翩绝世之少年中国，而使欧西日本人谓我为老大者，何也？则以握国权者皆老朽之人也。非哦几十年八股，非写几十年白折，非当几十年差，非捱几十年俸，非递几十年手本，非唱几十年喏，非磕几十年头，非请几十年安，则必不能得一官、进一职。其内任卿贰以上，外任监司以上者，百人之中，其五官不备者，殆九十六七人也。非眼盲则耳聋，非手颤则足跛，否则半身不遂也。彼其一身饮食步履视听言语，尚且不能自了，须三四人左右扶之捉之，乃能度日，于此而乃欲责之以国事，是何异立无数木偶而使治天下也！且彼辈者，自其少壮之时既已不知亚细亚、欧罗巴为何处地方，汉祖唐宗是那朝皇帝，犹嫌其顽钝腐败之未臻其极，又必搓磨之，陶冶之，待其脑髓已涸，血管已塞，气息奄奄，与鬼为邻之时，然后将我二万里山河，四万万人命，一举而畀于其手。呜呼！老大帝国，诚哉其老大也！而彼辈者，积其数十年之八股、白折、当差、捱俸、手本、唱喏、磕头、请安，千辛万苦，千苦万辛，乃始得此红顶花翎之服色，中堂大人之名号，乃出其全副精神，竭其毕生力量，以保持之。如彼乞儿拾金一锭，虽轰雷盘旋其顶上，而两手犹紧抱其荷包，他事非所顾也，非所知也，非所闻也。于此而告之以亡国也，瓜分也，彼乌从而听之，乌从而信之！即使果亡矣，果分矣，而吾今年七十矣，八十矣，但求其一两年内，洋人不来，强盗不起，我已快活过了一世矣！若不得已，则割三头两省之土地奉申贺敬，以换我几个衙门；卖三几百万之人民作仆为奴，以赎我一条老命，有何不可？有何难办？呜呼！今之所谓老后、老臣、老将、老吏者，其修身齐家治国平天下之手段，皆具于是矣。西风一夜催人老，凋尽朱颜白尽头。使走无常当医生，携催命符以祝寿，嗟乎痛哉！以此为国，是安得不老且死，且吾恐其未及岁而殇也。

任公曰：造成今日之老大中国者，则中国老朽之冤业也。制出将来之少年中国者，则中国少年之责任也。彼老朽者何足道，彼与此世界作别之日不远矣，而我少年乃新来而与世界为缘。如僦屋者然，彼明日将迁居他方，而我今日始入此室处。将迁居者，不爱护其窗栊，不洁治其庭庑，俗人恒情，亦何足怪！若我少年者，前程浩浩，后顾茫茫。中国而为牛为马为奴隶，则烹脔棰鞭之惨酷，惟我少年当之。中国如称霸宇内，主盟地球，则指挥顾盼之尊荣，惟我少年享之。于彼气息奄奄与鬼为邻者何与焉？彼而漠然置之，犹可言也。我而漠然置之，不可言也。使举国之少年而果为少年也，则吾中国为未来之国，其进步未可量也。使举国之少年而亦为老大也，则吾中国为过去之国，其澌亡可翘足而待也。故今日之责任，不在他人，而全在我少年。少年智则国智，少年富则国富；少年强则国强，少年独立则国独立；少年自由则国自由，少年进步则国进步；少年胜于欧洲则国胜于欧洲，少年雄于地球则国雄于地球。红日初升，其道大光。河出伏流，一泻汪洋。潜龙腾渊，鳞爪飞扬。乳虎啸谷，百兽震惶。鹰隼试翼，风尘吸张。奇花初胎，矞矞皇皇。干将发硎，有作其芒。天戴其苍，地履其黄。纵有千古，横有八荒。前途似海，来日方长。美哉我少年中国，与天不老！壮哉我中国少年，与国无疆！

五峰游记

李大钊

李大钊（1889–1927），中国共产主义的先驱，伟大的马克思主义者、杰出的无产阶级革命家、中国共产党的主要创始人之一，他不仅是我党早期卓越的领导人，而且是学识渊博、勇于开拓的著名学者，在中国共产主义运动和民族解放事业中，占有崇高的历史地位。

我向来惯过“山中无历日，寒尽不知年”的日子，一切日常生活的经过都记不住时日。

我们那晚八时顷，由京奉线出发，次日早晨曙光刚发的时候，到滦州车站。此地是辛亥年张绍曾将军督率第二十军，停军不发，拿十九信条要胁清廷的地方。后来到底有一标在此起义，以众寡不敌失败，营长施从云、王金铭，参谋长白亚雨等殉难。这是历史上的纪念地。

车站在滦州城北五里许，紧靠着横山。横山东北，下临滦河的地方，有一个行宫，地势很险，风景却佳，而今作了我们老百姓旅行游览的地方。

由横山往北，四十里可达卢龙。山路崎岖，水路两岸万山重迭，暗崖很多，行舟最要留神，而景致绝美。由横山往南，滦河曲折南流入海，以陆路计，约有百数十里。

我们在此雇了一只小舟，顺流而南，两岸都是平原。遍地的禾苗，都很茂盛，但已觉受旱。禾苗的种类，以高粱为多，因为滦河一带，主要的食粮，就是高粱。谷黍豆类也有。滦水每年泛滥，河身移从无定，居民都以为苦。其实滦河经过的地方，虽有时受害，而大体看来，却很富厚，因为他的破坏中，却带来了很多的新生活种子，原料。房屋老了，经他一番破坏，新的便可产生。土质乏了，经他一回滩淤，肥的就会出现。这条滦河简直是这一方的旧生活破坏者，新生活创造者，可惜人都是苟安，但看见他的破坏，看不见他的建设，却很冤枉了他。

河里小舟漂着，一片斜阳射在水面，一种金色的浅光，衬着岸上的绿野，景色真是好看。

天到黄昏，我们还未上岸。从舟人摇橹的声中，隐约透出了远村的犬吠，知道要到我们上岸的村落了。

到了家乡，才知道境内很不安静。正有“绑票”的土匪，在各村骚扰。还有“花会”照旧开设。

过了两三日，我便带了一个小孩，来到昌黎的五峰。是由陆路来的，约有八十里。从前昌黎的铁路警察，因在车站干涉日本驻屯军的无礼的行动，曾有五警士为日兵惨杀。这也算是一个纪念地。　　五峰是碣石山的一部，离车站十余里，在昌黎城北。我们清早雇骡车运行李到山下。

车不能行了，只好步行上山。一路石径崎岖，曲折的很，两傍松林密布。间或有一两人家很清妙的几间屋，筑在山上，大概窗前都有果园。泉水从石上流着，潺潺作响，当日恰遇着微雨，山景格外的新鲜。走了约四里许，才到五峰的韩公祠。

五峰有个胜境，就在山腹。望海，锦绣，平斗，飞来，挂月，五个山峰环抱如椅。好事的人，在此建了一座韩文公祠。下临深涧，涧中树木丛森。在南可望渤海，碧波万顷，一览无尽。我们就在此借居了。

看守祠宇的人，是一双老夫妇，年事都在六十岁以上，却很健康。此外一狗，一猫，两只母鸡，构成他们那山居的生活。我们在此，找夫妇替我们操作。

祠内有两个山泉可饮。煮饭烹茶，都从那里取水。用松枝作柴。颇有一种趣味。

山中松树最多，果树有苹果，桃，杏，梨，葡萄，黑枣，胡桃等。今年果收都不佳。

来游的人却也常有。但是来到山中，不是吃喝，便是赌博，真是大杀风景。

山中没有野兽，没有盗贼，我们可以夜不闭户，高枕而眠。

久旱，乡间多求雨的，都很热闹，这是中国人的群众运动。

昨日山中落雨，云气把全山包围。树里风声雨声，有波涛澎湃的样子。水自山间流下，却成了瀑布。雨后大有秋意。

春末闲谈[1]

鲁迅

鲁迅（1881—1936），原名周树人。浙江绍兴人，字豫才，十七岁之前曾用名周樟寿，后改名周树人。以笔名鲁迅闻名于世。鲁迅先生青年时代曾受进化论、尼采超人哲学和托尔斯泰博爱思想的影响。1904年初，入仙台医科专门学医，后从事文艺创作，希望以此改变国民精神。鲁迅先生一生写作计有600万字，其中著作约500万字，辑校和书信约100万字。作品包括杂文、短篇小说、诗歌、评论、散文、翻译作品。对“五四运动”以后的中国文学产生了深刻而广泛的影响。

北京正是春末，也许我过于性急之故罢，觉着夏意了，于是突然记起故乡的细腰蜂[2]。那时候大约是盛夏，青蝇密集在凉棚索子上，铁黑色的细腰蜂就在桑树间或墙角的蛛网左近往来飞行，有时衔一支小青虫去了，有时拉一个蜘蛛。青虫或蜘蛛先是抵抗着不肯去，但终于乏力，被衔着腾空面去了，坐了飞机似的。

老前辈们开导我，那细腰蜂就是书上所说的果臝，纯雌无雄，必须捉螟蛉去做继子的。她将小青虫封在窠里，自己在外面日日夜夜敲打着，祝道“像我像我”，经过若干日，——我记不清了，大约七七四十九日罢，——那青虫也就成了细腰蜂了，所以《诗经》里说：“螟蛉有子，果臝负之。”螟蛉就是桑上小青虫。蜘蛛呢？他们没有提。我记得有几个考据家曾经立过异说，以为她其实自能生卵；其捉青虫，乃是填在窠里，给孵化出来的幼蜂做食料的。但我所遇见的前辈们都不采用此说，还道是拉去做女儿。我们为存留天地间的美谈起见，倒不如这样好。当长夏无事，遣暑林阴，瞥见二虫一拉一拒的时候，便如睹慈母教女，满怀好意，而青虫的宛转抗拒，则活像一个不识好歹的毛鸦头。

但究竟是夷人可恶，偏要讲什么科学。科学虽然给我们许多惊奇，但也搅坏了我们许多好梦。自从法国的昆虫学大家发勃耳(Fabre)③仔细观察之后，给幼蜂做食料的事可就证实了。而且，这细腰蜂不但是普通的凶手，还是一种很残忍的凶手，又是一个学识技术都极高明的解剖学家。她知道青虫的神经构造和作用，用了神奇的毒针，向那运动神经球上只一螫，它便麻痹为不死不活状态，这才在它身上生下蜂卵，封入窠中。青虫因为不死不活，所以不动，但也因为不活不死，所以不烂，直到她的子女孵化出来的时候，这食料还和被捕当日一样的新鲜。

三年前，我遇见神经过敏的俄国的E君④，有一天他忽然发愁道，不知道将来的科学家，是否不至于发明一种奇妙的药品，将这注射在谁的身上，则这人即甘心永远去做服役和战争的机器了？那时我也就皱眉叹息，装作一齐发愁的模样，以示“所见略同”之至意，殊不知我国的圣君，贤臣，圣贤，圣贤之徒，却早已有过这一种黄金世界的理想了。不是“唯辟作福，唯辟作威，唯辟玉食”[5]么？不是“君子劳心，小人劳力”[6]么？不是“治于人者食（去声）人，治人者食于人”[7]么？可惜理论虽已卓然，而终于没有发明十全的好方法。要服从作威就须不活，要贡献玉食就须不死；要被治就须不活，要供养治人者又须不死。人类升为万物之灵，自然是可贺的，但没有了细腰蜂的毒针，却很使圣君，贤臣，圣贤，圣贤之徒，以至现在的阔人，学者，教育家觉得棘手。将来未可知，若已往，则治人者虽然尽力施行过各种麻痹术，也还不能十分奏效，与果蠃并驱争先。即以皇帝一伦而言，便难免时常改姓易代，终没有“万年有道之长”；“二十四史”而多至二十四，就是可悲的铁证。现在又似乎有些别开生面了，世上挺生了一种所谓“特殊知识阶级”[8]的留学生，在研究室中研究之结果，说医学不发达是有益于人种改良的，中国妇女的境遇是极其平等的，一切道理都已不错，一切状态都已够好。E 君的发愁，或者也不为无因罢，然而俄国是不要紧的，因为他们不像我们中国，有所谓“特别国情”[9]，还有所谓“特殊知识阶级”。

但这种工作，也怕终于像古人那样，不能十分奏效的罢，因为这实在比细腰蜂所做的要难得多。她于青虫，只须不动，所以仅在运动神经球上一螫，即告成功。而我们的工作，却求其能运动，无知觉，该在知觉神经中枢，加以完全的麻醉的。

但知觉一失，运动也就随之失却主宰，不能贡献玉食，恭请上自“极峰”[10]下至“特殊知识阶级”的赏收享用了。就现在而言，窃以为除了遗老的圣经贤传法，学者的进研究室主义[11]，文学家和茶摊老板的莫谈国事[12]律，教育家的勿视勿听勿言勿动[13]论之外，委实还没有更好，更完全，更无流弊的方法。便是留学生的特别发见，其实也并未轶出了前贤的范围。

那么，又要“礼失而求诸野”[14]了。夷人，现在因为想去取法，姑且称之为外国，他那里，可有较好的法子么？可惜，也没有。所有者，仍不外乎不准集会，不许开口之类，和我们中华并没有什么很不同。然亦可见至道嘉猷，人同此心，心同此理，固无华夷之限也。猛兽是单独的，牛羊则结队；野牛的大队，就会排角成城以御强敌了，但拉开一匹，定只能牟牟地叫。人民与牛马同流，——此就中国而言，夷人别有分类法云，——治之之道，自然应该禁止集合：这方法是对的。其次要防说话。人能说话，已经是祸胎了，而况有时还要做文章。所以苍颉造字，夜有鬼哭[15]。鬼且反对，而况于官？猴子不会说话，猴界即向无风潮，——可是猴界中也没有官，但这又作别论，——确应该虚心取法，反朴归真，则口且不开，文章自灭：这方法也是对的。然而上文也不过就理论而言，至于实效，却依然是难说。最显著的例，是连那么专制的俄国，而尼古拉二世“龙御上宾”[16]之后，罗马诺夫氏竟已“覆宗绝祀”了。要而言之，那大缺点就在虽有二大良法，而还缺其一，便是：无法禁止人们的思想。

于是我们的造物主——假如天空真有这样的一位“主

子”——就可恨了：一恨其没有永远分清“治者”与“被治者”；二恨其不给治者生一枝细腰蜂那样的毒针；三恨其不将被治者造得即使砍去了藏着的思想中枢的脑袋而还能动作——服役。三者得一，阔人的地位即永久稳固，统御也永久省了气力，而天下于是乎太平。今也不然，所以即使单想高高在上，暂时维持阔气，也还得日施手段，夜费心机，实在不胜其委屈劳神之至……

假使没有了头颅，却还能做服役和战争的机械，世上的情形就何等地醒目呵！这时再不必用什么制帽勋章来表明阔人和窄人了，只要一看头之有无，便知道主奴，官民，上下，贵贱的区别。并且也不至于再闹什么革命，共和，会议等等的乱子了，单是电报，就要省下许多许多来。古人毕竟聪明，仿佛早想到过这样的东西，《山海经》上就记载着一种名叫“刑天”的怪物[17]。他没有了能想的头，却还活着，“以乳为目，以脐为口”，——这一点想得很周到，否则他怎么看，怎么吃呢，——实在是很值得奉为师法的。假使我们的国民都能这样，阔人又何等安全快乐？但他又“执干戚而舞”，则似乎还是死也不肯安分，和我那专为阔人图便利而设的理想底好国民又不同。陶潜[18]先生又有诗道：“刑天舞干戚，猛志固常在。”连这位貌似旷达的老隐士也这么说，可见无头也会仍有猛志，阔人的天下一时总怕难得太平的了。但有了太多的“特殊知识阶级”的国民，也许有特在例外的希望；况且精神文明太高了之后，精神的头就会提前飞去，区区物质的头的有无也算不得什么难问题。

一九二五年四月二十二日

注释：

① 本篇最初发表于一九二五年四月二十四日北京《莽原》周刊第一期，署名冥昭。

② 细腰蜂：在昆虫学上属于膜翅目泥蜂科；关于它的延种方法，我国古代有各种不同的记载。《诗经·小雅·小宛》：“螟蛉有子，蜾蠃负之。”汉代郑玄注：“蒲卢（按即蜾蠃）取桑虫之子，负持而去，煦妪养之，以成其子。”汉代扬雄《法言·学行》：“螟蠕之子殪，而逢蜾蠃，祝之曰：‘类我！类我！’久则肖之矣。”

③ 发勃耳（1823—1915）：通译法布尔，法国昆虫学家。著有《昆虫记》等。

④ E君：即爱罗先珂。

⑤ “唯辟作福，唯辟作威，唯辟玉食”：语见《尚书·洪范》。辟，即天子或诸侯。

⑥ “君子劳心，小人劳力”：语见《左传》襄公九年：“君子劳心，小人劳力，先王之制也。”“君子”指统治阶级，“小人”指劳动人民。

⑦ 人者食人，治人者食于人：语见《孟·滕文公》：“或劳心，或劳力；劳心者治人，劳力者治于人。治于人者食人，治人者食于人，天下之通义也。”

⑧ “特殊知识阶级”：一九二五年二月，段祺瑞为了抵制孙中山在共产党支持下提出的召开国民会议的主张，拼凑了一个御用的“善后会议”，企图从中产生假的国民会议。当时竟有一批曾在外国留学的人在北京组织“国外大学毕业参加国民会议同志会”，于三月二十九日在中央公园开会，向“善后会议”提请愿书，要求在未来的国民会议中给他们保留名额，其中说：“查国民代表会议之最大任务为规定中华民国宪法，留学者为一特殊知识阶级，毋庸讳言，其应参加此项会议，多多益善。”作者批

判的所谓“特殊知识阶级”，即指这类留学生。

⑨ “特别国情”：一九一五年袁世凯阴谋恢复帝制时，他的宪法顾问美国人古德诺曾于八月十日北京《亚细亚日报》发表一篇《共和与君主论》，说中国自有“特别国情”，不适宜实行民主政治，应当恢复君主政体。这种“特别国情”的谬论，曾经成为反动派阻挠民主改革和反对进步学说的借口。

⑩ “极峰”：意即最高统治者。旧时官僚政客对最高统治者的媚称。

⑪ 进研究室主义：一九一九年七月，胡适在《每周评论》上发表《多研究些问题，少谈些“主义”》的文章，稍后又提出学者“进研究室”、“整理国故”的口号，企图诱使青年逃避现实斗争。

⑫ 莫谈国事：北洋军阀统治时期，实行恐怖政策，密探四布，茶馆酒肆里多贴有“莫谈国事”的字条，某些文人也把“莫谈国事”当作处世格言。

⑬ 勿视勿听勿言勿动：语出《论语·颜渊》：“非礼勿视，非礼勿听，非礼勿言，非礼勿动。”

⑭ “礼失而求诸野”：孔丘的话，见《汉书·艺文志》。

⑮ 苍颉造字夜有鬼哭：见《淮南子·本经训》：“昔者苍颉作书而天雨粟，鬼夜哭。”

⑯ 尼古拉二世（1868—1918）：俄罗曼诺夫王朝最后的一个皇帝，为一九一七年二月革命所推翻，次年七月十七日被处死。“龙御上宾”，旧时指皇帝逝世，意即乘龙仙去。

⑰ 《山海经》：十八卷，约公元前四世纪至公元二世纪间的作品，内容主要是有关我国民间传说中的地理知识，还保存了不少上古时代流传下来的神话故事。“刑天”，一作形天，见该书《海外西经》：“形天与帝至此争神，帝断其首，葬之常羊之山。乃以乳为目，以脐为口，操干戚以舞。”干，盾牌；戚，斧头。

⑱ 陶潜（约372—427）：一名渊明，字元亮，晋浔阳柴桑（今江西九江）人，东晋诗人。著作有《陶渊明集》。“刑天舞干戚”两句诗，见他的《读山海经》第十首。

访笺杂记

郑振铎

郑振铎（1898 — 1958），生于浙江温州，原籍福建长乐。我国现代杰出的爱国主义者和社会活动家，又是著名作家、诗人、学者、文学评论家、文学史家、翻译家、艺术史家，也是国内外闻名的收藏家、训诂家。出版有散文、小说集《山中杂记》《海燕》《桂公塘》等，学术著作有《文学大纲》《中国文学史》等。

我搜求明代雕版画已十余年，初仅留意小说戏曲的插图，后更推及于画谱及他书之有插图者。所得未及百种。前年冬，因偶然的机缘，一时获得宋元及明初刊印的出相佛道经二百余种。于是宋元以来的版画史，粗可踪迹。间亦以余力，旁鹜清代木刻画籍。然不甚重视之。像万寿盛典图、避暑山庄图、泛槎图、百美新咏一类的书，虽亦精工，然颇嫌其匠气过重。至于流行的笺纸，则初未加以注意。为的是十年来久和毛笔绝缘。虽未尝不欣赏十竹斋笺谱、萝轩变古笺谱，却视之无殊于诸画谱。

约在六年前，偶于上海有正书局得诗笺数十幅，颇为之心动；想不到今日的刻工，尚能有那样精丽细腻的成绩。仿佛记得那时所得的笺画，刻的是罗两峰的小幅山水，和若干从十竹斋画谱描摹下来的折枝花卉和蔬果。这些笺纸，终于舍不得用，都分赠给友人们当作案头清供了。

二十年九月，我到北平教书，琉璃厂的书店断不了我的足迹。有一天，偶过清秘阁，选购得笺纸若干种，颇高兴。觉得比在上海所得的，刻工色彩都高明得多了。仍只是作为礼物送人。

引起我对于诗笺发生更大的兴趣的是鲁迅先生，我们对于木刻画有同嗜。但鲁迅先生所搜集的范围却比我广泛得多了；他尝斥资重印士敏土之图数百部——后来这部书竟鼓动了中国现代木刻画的创作的风气。他很早的便在搜访笺纸，而尤注意于北平所刻的。今年春天，我们在上海见到了，他以为北平的笺纸是值得搜访而成为专书的。再过几时这工作恐怕更不易进行。 我答应一到北平，立刻便开始工作。预定只印五十部分赠友人们。

我回平后，便设法进行刷印笺谱的工作。第一着还是先到清秘阁。在这里又购得好些笺样。和他们谈起刷印笺谱之事时，掌柜的却斩钉截铁的回绝了，说是五十部绝对不能开印。他们有种种理由：板片太多，拼合不易，刷印时调色过难；印数少，板刚拼好，调色尚未顺手，便已竣工，损失未免过甚。他们自己每次开印总是五千一万的。

“那么印一百部呢？”我道。

他们答道：“且等印的时候再商量罢。”

这场交涉虽是没有什么结果，但看他们口气很松动，我想印一百部也许不成问题。正要再向别的南纸店进行，而热河的战事开始了，一搁置便是一年。

九月初，战事告一段落，我又回到上海，与鲁迅先生相见时，带着说不出凄惋的感情，我们又提到印这笺谱的事。

“便印一百部，总不会没人要的。”鲁迅先生道。

“回去便进行。”我道。

工作便又开始进行，第一步自然是搜访笺样，清秘阁不必再去。由清秘阁向西走，路北第一家是淳菁阁。在那里很惊奇的发见了许多清隽绝伦的诗笺，特别是陈师曾氏所作的，虽仅寥寥数笔，而笔触却是那样的潇洒不俗，转以十竹斋、萝轩诸笺为烦琐，为做作。像这样的一片园地，前人尚未之涉及呢。我舍不得放弃了一幅。吴待秋、金拱北诸氏所作和姚茫父氏的唐画壁砖笺、西域古迹笺等，也都使我喜欢。

过了五六天，又进城到琉璃厂，由淳菁阁再往西走，第一家是松华斋；松华斋对门在路南的是松古斋。由松华斋再往西，在路北的是懿文斋。再西便是厂西门，没有别的南纸店了。

先进松华斋，在他们的笺样簿里，又见到陈师曾所作的八幅花果笺。说他们“清秀”是不够的，“神采之笔”的话也有些空洞。只是赞赏，无心批判。陈半丁、齐白石二氏所作，其笔触和色调，和师曾有些同流，惟较为繁缛燠煖。他们的大胆的涂抹，颇足以代表中国现代文人画的倾向；自吴昌硕以下，无不是这样的粗枝大叶的不屑屑于形似的。我很满意的得到不少的收获。

带着未消逝的快慰，过街而到松石斋。古旧的门面，老店的规模，却不料售的倒是洋式笺。所谓洋式笺，便是把中国纸染了矾水，可以用钢笔写；而笺上所绘的大都是迎亲、抬轿、舞灯、拉车一类的本地风光；笔法粗劣，且惯喜以浓红大绿涂抹的。其少数还保存着旧式的图版画。然以柔和的线条，温蒨的色调，刷印在又涩又糙的矾水拖过的人造纸面上，却格外的显得不调和。那一片一块的浮出的彩光，大损中国画的秀丽的情绪。

懿文斋没有什么新式样的画笺，所有的都是光宣时所流行的李伯霖、刘锡玲、戴伯和、李毓如诸人之作；只是谐俗的应市的通用笺而已。故所画不离吉祥、喜庆之景物，以至通俗的着色花鸟一类的东西。但我仍选购了不少。

第三次到琉璃厂已是九月底；这一次是由清秘阁向东走。偏东路北是荣宝斋，一家不失先正典型的最大的笺肆，仿古和新笺，他们都刻了不少。我在那里见到林琴南的山水笺，齐白石的花果笺，吴待秋的梅花笺，以及齐、王诸人合作的壬申笺、癸酉笺等等，刻工较清秘阁为精。仿成亲王的拱花笺，尤为诸肆所见这一类笺的白眉。

半个下午，便完全耗在荣宝斋，和他们谈到印笺谱的事，他们也有难色，觉得连印一百部都不易动工；但仍是那么游移其词的回答道："等到要印的时候再商量罢。"

从荣宝斋东行，过厂甸的十字路口，便是海王村；过海王村东行，路北有静文斋，也是很大的一家笺肆。当我一天走进静文斋的时候，已在午后，太阳光淡淡的射在罩了蓝布套的桌上，我带着怡悦的心情在翻笺样簿。很高兴的发见了齐白石的人物笺四幅，说是仿八大山人的，神情色调都臻上乘。吴待秋、汤定之等二十家合作的梅花笺，也富于繁颐的趣味。清道人、姚茫父、王梦白诸人的罗汉笺、古佛笺等，都还不坏，古色斑斓的彝器笺，也静雅足备一格。

静文斋的附近，路南有荣禄堂，规模似很大，却已衰颓不堪，久已不印笺。亦有笺样薄，却零星散乱，尘土封之，似久已无人顾问及之。循样以求，十不得一，即得之亦都暗败变色，盖搁置架上已不知若干年，纸都用舶来之薄而透明的一种，色彩偏重于浓红深绿，似意在迎合光宣时代市人们的口味。肆主人须发皆白，年已七十余，惟精神尚矍烁，与谈往事，娓娓可听。但搜求将一小时，所得仅缦卿作的数笺。由荣禄更东行，近厂东门，路北有宝晋斋。此肆诗笺，都为光宣时代的旧型，佳者殊鲜，仅选得朱良材作的数笺。

出厂东门折而南，过一尺大街，即入杨梅竹斜街。东行百数步，路北有成兴斋。此肆有冷香女士作的月令笺，又有清末为慈禧代笔的女画家缪素筠作的花鸟笺；在光宣时代似为一当令的笺店。然笺样都缺，月令笺仅存其七。再东行有彝宝斋，笺样多陈列窗间，并样簿而无之。选得王诏作的花鸟笺十余幅，颇可观，而亦零落不全。

以上数次的所得，都陆续的寄给鲁迅先生，由他负最后选择的责任。寄去的大约有五百数十种，由他选定的是三百三十余幅，就是现在印出来的样式。

这部北平笺谱所以有现在的样式，全都是鲁迅先生的力量——由他倡始，也由他结束了这事。

说起访笺的经过来，也不是没有失望与徒劳。我不单在厂甸一带访求。在别的地方也尝随时随地的留意过，却都不曾给我以满足。好几个大市场里，都没有什么好的笺样被发见。有一次，曾从东单牌楼走到东四牌楼，经隆福寺街东口而更往北走，推门而入的南纸店不下十家，大多数都只售洋纸笔墨和八行素笺。最高明的也只卖少数的拱花笺，却是那么的粗陋浮躁，竟不足以当一顾。

在厂甸也不是不曾遇见同样狼狈的事。厂甸中段的十字街头，路南有两家规模不小的南纸店，一名崇文堂，在路东，有笺样簿，多转贩自诸大肆者。一名中和丰，在路西，专售运动器具及纸墨，并持笺而无之。由崇文东行数十步，路南有豹文斋，专售故宫博物院出品，亦尝翻刻黄瘿瓢人物笺，然执以较清秘、荣宝所刻，则神情全非矣。

但北平地域甚广，搜访所未及者一定还有不少。即在琉璃厂，像伦池斋，因无笺样簿遂失之交臂。他们所刻“思古人笺”，版已还之沈氏，故不可得；而其王雪涛花卉笺四幅，刻印俱精，色调亦柔和可爱。惜全书已成，不及加入。又北平诸文士利用之笺纸，每多设计奇诡，绘刻精丽的。惟访求较为不易。补所未备，当俟异日。

选笺既定，第二步便交涉刷印，淳菁、松华、松石三家，一说便无问题。荣宝、宝晋、静文诸家，初亦坚执百部不能动工之说，然终亦答应下来。独清秘最为顽强，交涉了好多次，他们不是说百部太少不能印，便是说人工不够没有工夫印；再说下去便给你个不理睬；任你说得舌疲唇焦，他们只是给你个不理睬，颇想抽出他们的一部分不印，终于割舍不下溥心畬、江采诸家的二十余幅作品。再三奉托了刘淑度女士和他们商量，方才肯答应印。而色调较繁的十余幅蔬果笺，却仍因无人担任刷印而被剔出。蔬果笺刻印不精，去之亦未足惜。荣禄堂的笺纸，原只想印缦卿作的四幅，他们说年代已久，不知板片还在否，找得出来便可开印，只怕残缺不全。但后来究竟算是找全了。

最后到彝宝斋，一位仿佛湖南口音的掌柜的，一开口便说："不能印，现在已经没有印刷这种信笺的工人了，我们自己要几千几万份的印，尚且不能，何况一百张。"我见他说得可笑，便取出些他家的定印单给他看，他无辞可对，只得说老实话："成兴斋和我们是联号，你老到他们那里看看罢，这些花鸟笺的板片他们那里也有。"我立刻明白那是怎么一回事，到成兴斋一打听，果然那板片已归他们所有。

为了访问画家和刻工的姓氏，也费了很大的工夫。有少数的画家，其姓氏是我所不知道的——我对于近代的画坛是那样的生疏。访之笺肆亦多不知者；求之润单间亦无之。打听了好久，有的还是见到了他的画幅，看到他的图章方才知道。只有缦卿的一位，他的姓氏到现在还是一个谜。

刻工实为制笺的重要分子，其重要也许不下于画家。因彩色诗笺，不仅要精刻，而且要就色彩的不同而分刻为若干板片；笺画之有无精神，全靠分板之能否得当。画家可以恣意的使用着颜料，刻工必须仔细的把那么复杂的颜色，分析为四五个乃至一二十个单色板片。所以刻工之好坏，是主宰着制笺的命运的。在北平笺谱里，实在不能不把画家和刻工并列着。但为访问刻工姓名，也颇遭白眼，他们都觉得这是可怪的事，至多只是敷衍的回答着。有的是经了再三的追问，四处的访求，方才能够确知的。有的因为年代已久，实在无法知道。目录里所注的刻工姓名，实在是不止三易稿而后定的。宋版书多附刊刻工姓名，明代中叶以后。刻图之工尤自珍其所作，往往自署其名，若何铃、王士珩、魏少峰、刘素明、黄应瑞、刘应祖、洪国良、项南洲、黄子立其尤著者。然其后则刻工渐被视为贱技，亦鲜有自标姓名者。当此木板雕刻业像晨星似的摇摇欲坠之时，而复有此一番表彰，殆亦雕板史末页上重要的文献。

淳菁阁的刻工，姓张但不知其名；他们说此人已死，人皆称之为张老西，住厂西门，其技能为一时之最。我根据了张老西的这个浑名，到处的打听着，后来还是托荣宝斋查考到，知道他的真名是启和。松华斋的刻工，据说是专门为他们刻笺的，也姓张；经了好多次的追问，才知道其名为东山。静文斋的刻工，初仅知其名为板儿杨，再三恳托着去查问，才知道其名为华庭。清秘阁的刻工，也经了数次的访问后，方知其亦为张东山。因此，我颇疑刻工和制笺业的关系，也许不完全是处在雇工的地位；他们也许是自立门户，有求始应，像画家那个样子的。然未细访，不能详。

荣宝斋的刻工名李振怀，懿文斋的刻工名李仲武，松古斋的刻工名杨朝正，成兴斋的刻工名杨文、萧桂，也颇费恳托，方能访知。至于荣禄、宝晋二家，则因刻者年代已久，他们已实在记不清了。姑阙之。刻工中，以张、李、杨三名为多、颇疑其有系属的关系，像明末之安徽黄氏、鲍氏。这种以一个家庭为中心的手工业是至今也还存在的。

刷印之工，亦为制笺的重要的一个步骤，因不仅拆板不易，即拼板、调色、亦煞费工夫。惜印工太多，不能一一记其姓名。

对此数册之笺谱，不禁也略略有些悲喜和沧桑之感。自慰幸不辜负搜访的勤劳，故记之如右。

一九三三年十一月十五日

青纱帐

王统照

王统照（1897 — 1957），字剑三，笔名息庐、容庐。山东诸城人。1924 年毕业于中国大学英文系。1918 年办《曙光》。1921 年与郑振铎、沈雁冰等发起成立文学研究会。曾任中国大学教授兼出版部主任，《文学》月刊主编，开明书店编辑，暨南大学、山东大学教授。新中国成立后，历任山东省文联主席，山东大学中文系主任，山东省文化局局长。著有多部长篇小说。

稍稍熟习北方情形的人，当然知道这三个字——青纱帐，帐字上加青纱二字，很容易令人想到那幽幽地，沉沉地，如烟如雾的趣味。其中大约是小簟轻衾吧？有个诗人在帐中低吟着“手倦抛书午梦凉”的句子；或者更宜于有个雪肤花貌的“玉人”，从淡淡地灯光下透露出横陈的丰腴的肉体美来，可是煞风景得很！现在在北方一提起青纱帐这个暗喻格的字眼，汗喘，气力，光着身子的农夫，横飞的子弹，枪，杀，劫掳，火光，这一大串的人物与光景，便即刻联想得出来。

北方有的是遍野的高粱，亦即所谓秫秫，每到夏季，正是它们茂生的时季。身个儿高，叶子长大，不到晒米的日子，早已在其中可以藏住人，不比麦子豆类隐蔽不住东西。这些年来，北方，凡是有乡村的地方，这个严重的青纱帐季，便是一年中顶难过而要戒严的时候。

当初给遍野的高粱赠予这个美妙的别号的，够得上是位“幽雅”的诗人吧？本来如刀的长叶，连接起来恰象一个大的帐幔，微风过处，干，叶摇拂，用青纱的色彩作比，谁能说是不对？然而高粱在北方的农产植物中是具有雄伟壮丽的姿态的。它不象黄云般的麦穗那么轻袅，也不是谷子穗垂头委琐的神气，高高独立，昂首在毒日的灼热之下，周身碧绿，满布着新鲜的生机。高粱米在东北几省中是一般家庭的普通食物，东北人在别的地方住久了，仍然还很欢喜吃高粱米煮饭。除那几省之外，在北方也是农民的主要食物，可以糊成饼子，摊作煎饼，而最大的用处是制造白干酒的原料，所以白干酒也叫做高粱酒。中国的酒类性烈易醉的莫过于高粱酒。可见这类农产物中所含精液之纯，与北方的土壤气候都有关系，但高粱的特性也由此可以看出。

为甚么北方农家有地不全种能产小米的谷类，非种高粱不可？据农人讲起来自有他们的理由。不错，高粱的价值不要说不及麦，豆，连小米也不如。然而每亩的产量多，而尤其需要的是燃料。我们的都会地方现在是用煤，也有用电与瓦斯的，可是在北方的乡间因为交通不便与价值高贵的关系，主要的燃料是高粱秸。如果一年地里不种高粱，那末农民的燃料便自然发生恐慌。除去为作粗糙的食品外，这便是在北方夏季到处能看见一片片高杆红穗的高粱地的缘故。

高粱的收获期约在夏末秋初。从前有我的一位族侄，——他死去十几年了，一位旧典型的诗人，——他曾有过一首旧诗，是极好的一段高粱赞："高粱高似竹，遍地参差绿。粒粒珊瑚珠，节节琅玕玉。"

农人对于高粱的红米与长杆子的爱惜，的确也与珊瑚，琅玕相等。或者因为这等农产物品格过于低下的缘故，自来少见诸诗人的歌咏，不如稻、麦、豆类常在中国的田园诗人的句子中读得到。

但这若干年来，高粱地是特别的为人所憎恶畏惧！常常可以听见说："青纱帐起来，如何，如何？……""今年的青纱帐季怎么过法？"因为每年的这个时季，乡村中到处遍布着恐怖，隐藏着杀机。通常在黄河以北的土匪头目，叫做"杆子头"，望文思义，便可知道与青纱帐是有关系的。高粱杆子在热天中既遍地皆是，容易藏身，比起"占山为王"还要便利。

青纱帐，现今不复是诗人，色情狂者所想象的清幽与挑拨肉感的所在，而变成乡村间所恐怖的"魔帐"了！

多少年来帝国主义的迫压，与连年内战，捐税重重，官吏，地主的剥削，现在的农村已经成了一个待爆发的空壳。许多人想着回到纯洁的乡村，以及想尽方法要改造乡村，不能不说他们的“用心良苦”，然而事实告诉我们，这样枝枝节节，一手一足的办法，何时才有成效！

青纱帐季的恐怖不过是一点表面上的情形，其所以有散布恐惶的原因多得很呢。

“青纱帐”这三个字徒然留下了淡漠的，如烟如雾的一个表象在人人的心中，而内里面却藏有炸药的引子！

1933年7月4日

钢铁假山

夏丏尊

夏丏尊（1886—1946），浙江上虞人，现代作家。著有《平屋随笔》《人间爱晚晴》等。

案头有一座钢铁的假山，得之不费一钱，可是在我室内的器物里面，要算是最有重要意味的东西。

它的成为假山，原由于我的利用，本身只是一块粗糙的钢铁片，非但不是什么“吉金乐石”，说出来一定会叫人发指，是一二八之役日人所掷的炸弹的裂块。

这已是三年前的事了。日军才退出，我到江湾立达学园去视察被害的实况，在满目凄怆的环境中徘徊了几小时，归途拾得这片钢铁回来。这种钢铁片，据说就是炸弹的裂块，有大有小，那时在立达学园附近触目皆是。我所拾的只是小小的一块，阔约六寸，高约三寸，厚约二寸，重约一斤。一面还大体保存着圆筒式的弧形，从弧线的圆度推测，原来的直径应有一尺光景，不知是多少磅重的炸弹了。另一面是破裂面，削凹凸，有些部分像峭壁，有些部分像危岩，锋棱锐利得同刀口一样。

江湾一带曾因战事炸毁过许多房子，炸杀过许多人。仅就立达学园一处说，校舍被毁的过半数。那次我去时，瓦砾场上还见到未被收殓的死尸。这小小的一块炸弹裂片，当然参与过残暴的工作，和刽子手所用的刀一样，有着血腥气的。论到证据的性质，这确是“铁证”了。

我把这铁证放在案头上作种种的联想，因为锋棱又锐利摆不平稳，每一转动，桌上就起磨损的痕迹。最初就想配了架子当作假山来摆。继而觉得把惨痛的历史的证物变装为古董性的东西，是不应该的。古代传下来的古董品中，有许多原是历史的遗迹，可是一经穿上了古董的衣服就减少了历史的刺激性，只当作古董品被人玩耍了。

这块粗糙的钢铁不久就被我从案头收起，藏在别处，忆起时才取出来看。新近搬家整理物件时被家人弃置在杂屑篓里，找寻了许久才发现。为永久保藏起见，颇费过些思量。摆在案头吧，不平稳，而且要擦伤桌面。藏在衣箱里吧，防铁锈沾惹坏衣服，并且拿取也不便。想来想去，还是去配了架子当作假山来摆在案头好。于是就托人到城隍庙一带红木铺去配架子。

现在，这块钢铁片已安放在小小的红木架上，当作假山摆在我的案头了。时间经过三年之久，全体盖满了黄褐色的铁锈，凹入处锈得更浓。碎裂的整块的，像沈石田的峭壁，细杂的一部分像黄子久的皴法，峰冈起伏的轮廓有些像倪云林。客人初见到这座假山，都称赞它有画意，问我从什么地方获得。家里的人对它也重视起来，不会再投入杂屑篓里去了。

这块钢铁片现在总算已得到了一个处置和保存的方法了，可是同时却不幸地着上了一件古董的衣掌。为减少古董性显出历史性起见，我想写些文字上去，使它在人的眼中不仅是富有画意的假山。

写些什么文字呢？诗歌或铭吗？我不愿在这严重的史迹上弄轻薄的文字游戏，宁愿老老实实地写几句记实的话。用什么来写呢？墨色在铁上是显不出的，照理该用血来写，必不得已，就用血色的朱漆吧。今天已是二十四年的一月十日了，再过十八日，就是今年的“一二八”。我打算在“一二八”那天来写。

1934 年 12 月

命命鸟

许地山

许地山（1893–1941），笔名落花生。生于台湾，长在福建。青年时在缅甸生活过，也去过马来半岛。1917 年考入燕京大学，后又去英国牛津大学学宗教考古学，精通梵文。

许地山是文学研究会作家国最奇特的一位，其创作有他人无法重复和替代的文学价值。他的作品有鲜明的宗教色彩，他是个宗教学者，所以他关注“人间问题”，往往从宗教中寻找答案。带有浓厚的宗教哲学的思辨色彩，构成了许地山作品重要的精神特质。

敏明坐在席上，手里拿着一本《八大人觉经》，流水似的念着。她的席在东边的窗下，早晨的日光射在她脸上，照得她的身体全然变成黄金的颜色。她不理会日光晒着她，却不歇地抬头去瞧壁上的时计，好像等什么人来似的。

那所屋子是佛教青年会的法轮学校。地上满铺了日本花席，八九张矮小的几子横在两边的窗下。壁上挂的都是释迦应化的事迹，当中悬着一个卍字徽章和一个时计。一进门就知那是佛教的经堂。

敏明那天来得早一点，所以屋里还没有人。她把各样功课念过几遍，瞧壁上的时计正指着六点一刻。她用手挡住眉头，望着窗外低声地说：“这时候还不来上学，莫不是还没有起床？”

敏明所等的是一位男同学加陵。他们是七八年的老同学，年纪也是一般大。他们的感情非常的好，就是新来的同学也可以瞧得出来。

“铿铛……铿铛……”一辆电车循着铁轨从北而来，驶到学校门口停了一会。一个十五六岁的美男子从车上跳下来。他的头上包着一条苹果绿的丝巾；上身穿着一件雪白的短褂；下身围着一条紫色的丝裙；脚下踏着一双芒鞋，俨然是一位缅甸的世家子弟。这男子走进院里，脚下的芒鞋拖得拍答拍答地响。那声音传到屋里，好像告诉敏明说：“加陵来了！”

敏明早已瞧见他，等他走近窗下，就含笑对他说：“哼哼，加陵！请你的早安。你来得算早，现在才六点一刻咧。”加陵回答说：“你不要讥消我，我还以为我是第一早的。”他一面说一面把芒鞋脱掉，放在门边，赤着脚走到敏明跟前坐下。

加陵说：“昨晚上父亲给我说了好些故事，到十二点才让我去睡，所以早晨起得晚一点。你约我早来，到底有什么事？”敏明说：“我要向你辞行。”加陵一听这话，眼睛立刻瞪起来，显出很惊讶的模样，说：“什么？你要往哪里去？”敏明红着眼眶回答说：“我的父亲说我年纪大了，书也念够了，过几天可以跟着他专心当戏子去，不必再像从前念几天唱几天那么劳碌。我现在就要退学，后天将要跟他上普朗去。”

加陵说：“你愿意跟他去吗？”敏明回答说：“我为什么不愿意？我家以演剧为职业是你所知道的。我父亲虽是一个很有名、很能赚钱的俳优，但这几年间他的身体渐渐软弱起来，手足有点不灵活，所以他愿意我和他一块儿排演。我在这事上很有长处，也乐得顺从他的命令。”加陵说：“那么，我对于你的意思就没有换回的余地了。”敏明说：“请你不必为这事纳闷。我们的离别必不能长久的。仰光是一所大城，我父亲和我必要常在这里演戏。有时到乡村去，也不过三两个星期就回来。这次到普朗去，也是要在那里耽搁八九天。请你放心……”

加陵听得出神，不提防外边早有五六个孩子进来，有一个顽皮的孩子跑到他们的跟前说：“请‘玫瑰’和‘蜜蜂’的早安。”他又笑着对敏明说：“‘玫瑰’花里的甘露流出来咧。”——他瞧见敏明脸上有一点泪痕，所以这样说。西边一个孩子接着说：“对呀！怪不得‘蜜蜂’舍不得离开她。”加陵起身要追那孩子，被敏明拦住。她说：“别和他们胡闹。我们还是说我们的罢。”加陵坐下，敏明就接着说：“我想你不久也得转入高等学校，盼望你在念书的时候要忘了我，在休息的时候要记念我。”加陵说：“我决不会把你忘了。你若是过十天不回来，或者我会到普朗去找你。”敏明说：“不必如此。我过几天准能回来。”

说的时候，一位三十多岁的教师由南边的门进来。孩子们都起立向他行礼。教师蹲在席上，回头向加陵说：“加陵，昙摩蜱和尚叫你早晨和他出去乞食。现在六点半了，你快去罢。”加陵听了这话，立刻走到门边，把芒鞋放在屋角的架上，随手拿了一把油伞就要出门。教师对他说："九点钟就得回来。"加陵答应一声就去了。

加陵回来，敏明已经不在她的席上。加陵心里很是难过，脸上却不露出什么不安的颜色。他坐在席上，仍然念他的书。晌午的时候，那位教师说："加陵，早晨你走得累了，下午给你半天假。"加陵一面谢过教师，一面检点他的文具，慢慢地走回家去。

加陵回到家里，他父亲婆多瓦底正在屋里嚼槟榔。一见加陵进来，忙把沫红唾出，问道："下午放假么？"加陵说："不是，是先生给我的假。因为早晨我跟昙摩蜱和尚出去乞食，先生说我太累，所以给我半天假。"他父亲说："哦，昙摩蜱在道上曾告诉你什么事情没有？"加陵答道："他告诉我说，我的毕业期间快到了，他愿意我跟他当和尚去，他又说：这意思已经向父亲提过了。父亲啊，他实在向你提过这话么？"婆多瓦底说："不错，他曾向我提过。我也很愿意你跟他去。不知道你怎样打算？"加陵说："我现在有点不愿意。再过十五六年，或者能够从他。我想再入高等学校念书，盼望在其中可以得着一点西洋的学问。"他父亲诧异说："西洋的学问，啊！我的儿，你想差了。西洋的学问不是好东西，是毒药哟。你若是有了那种学问，你就要藐视佛法了。你试瞧瞧在这里的西洋人，多半是干些杀人的勾当，做些损人利己的买卖，和开些诽谤佛法的学校。什么圣保罗因斯提丢啦、圣约翰海斯苦尔啦，没有一间不是诽谤佛法的。我说你要求西洋的学问会发生危险就在这里。"加陵说："诽谤与否，在乎自己，并不在乎外人的煽惑。若是父亲许我入圣约翰海斯苦尔，我准保能持守得住，不会受他们的诱惑。”婆多瓦底说：“我是很爱你的，你要做的事情，若是没有什么妨害，我一定允许你。要记得昨晚上我和你说的话。我一想起当日你叔叔和你的白象主（缅甸王尊号）提婆底事，就不由得我不恨西洋人。我最沉痛的是他们在蛮得勒将白象主掳去；又在瑞大光塔设驻防营。瑞大光塔是我们的圣地，他们竟然叫些行凶的人在那里住，岂不是把我们的戒律打破了吗？……我盼望你不要入他们的学校，还是清清净净去当沙门。一则可以为白象主忏悔；二则可以为你的父母积福；三则为你将来往生极乐的预备。出家能得这几种好处，总比西洋的学问强得多。”加陵说：“出家修行，我也很愿意。但无论如何，现在决不能办。不如一面入学，一面跟着昙摩埤学些经典。”婆多瓦底知道劝不过来，就说：“你既是决意要入别的学校，我也无可奈何，我很喜欢你跟昙摩蜱学习经典。你毕业后就转入仰光高等学校罢。那学校对于缅甸的风俗比较保存一点。”加陵说：“那么，我明天就去告诉昙摩蜱和法轮学校的教师。”婆多瓦底说：“也好。今天的天气很清爽，下午你又没有功课，不如在午饭后一块儿到湖里逛逛。你就叫他们开饭罢。”婆多瓦底说完，就进卧房换衣服去了。

原来加陵住的地方离绿绮湖不远。绿绮湖是仰光第一大、第一好的公园，缅甸人叫他做干多支。“绿绮”的名字是英国人替它起的。湖边满是热带植物。那些树木的颜色、形态，都是很美丽，很奇异。湖西远远望见瑞大光，那塔的金色光衬着湖边的椰树、蒲葵，真像王后站在水边，后面有几个宫女持着羽葆随着她一样。此外好的景致，随处都是。不论什么人，一到那里，心中的忧郁立刻消灭。加陵那天和父亲到那里去，能得许多愉快是不消说的。

过了三个月，加陵已经入了仰光高等学校。他在学校里常常思念他最爱的朋友敏明。但敏明自从那天早晨一别，老是没有消息。有一天，加陵回家，一进门仆人就递封信给他。拆开看时，却是敏明的信。加陵才知道敏明早已回来，他等不得见父亲的面，翻身出门，直向敏明家里奔来。

敏明的家还是住在高加因路，那地方是加陵所常到的。女仆玛弥见他推门进来，忙上前迎他说："加陵君，许久不见啊！我们姑娘前天才回来的。你来得正好，待我进去告诉她。"她说完这话就速速进里边去，大声嚷道："敏明姑娘，加陵君来找你呢。快下来罢。"加陵在后面慢慢地走，待要踏入厅门，敏明已迎出来。

敏明含笑对加陵说："谁教你来的呢？这三个月不见你的信，大概因为功课忙的缘故罢？"加陵说："不错，我已经入了高等学校，每天下午还要到昙摩蜱那里……唉，好朋友，我就是有工夫，也不能写信给你。因为我抓起笔来就没了主意，不晓得要写什么才能叫你觉得我的心常常有你在里头。我想你这几个月没有信给我，也许是和我一样地犯了这种毛病。"敏明说："你猜的不错。你许久不到我屋里了，现在请你和我上去坐一会。"敏明把手搭在加陵的肩胛上，一面吩咐玛弥预备槟榔、淡巴菰和些少细点，一面携着加陵上楼。

敏明的卧室在楼西。加陵进去，瞧见里面的陈设还是和从前差不多。楼板上铺的是土耳其绒毯。窗上垂着两幅很细致的帷子。她的奁具就放在窗边。外头悬着几盆风兰。瑞大光的金光远远地从那里射来。靠北是卧榻，离地约一尺高，上面用上等的丝织物盖住。壁上悬着一幅提婆和率斐雅洛观剧的画片。还有好些绣垫散布在地上。加陵拿一个垫子到窗边，刚要坐下，那女仆已经把各样吃的东西捧上来。“你嚼槟榔啵。”敏明说完这话，随手送了一个槟榔到加陵嘴里，然后靠着她的镜台坐下。

加陵嚼过槟榔，就对敏明说：“你这次回来，技艺必定很长进，何不把你最得意的艺术演奏起来，我好领教一下。”敏明笑说：“哦，你是要瞧我演戏来的。我死也不演给你瞧。”加陵说：“有什么妨碍呢？你还怕我笑你不成？快演罢，完了咱们再谈心。”敏明说：“这几天我父亲刚刚教我一套雀翎舞，打算在涅槃节期到比古演奏，现在先演给你瞧罢。我先舞一次，等你瞧熟了，再奏乐和我。这舞蹈的谱可以借用‘达撒罗撒’，歌调借用‘恩斯民’。这两支谱，你都会吗？”加陵忙答应说：“都会，都会。”

加陵擅于奏巴打拉[①]，他一听见敏明叫他奏乐，就立刻叫玛弥把那种乐器搬来。等到敏明舞过一次，他就跟着奏起来。

敏明两手拿住两把孔雀翎，舞得非常的娴熟。加陵所奏的巴打拉也还跟得上，舞过一会，加陵就奏起“恩斯民”的曲调，只听敏明唱道：

孔雀！孔雀！你不必赞我生得俊美；

我也不必嫌你长得丑劣。

咱们是同一个身心，
同一副手脚。
我和你永远同在一个身里住着，
我就是你啊，你就是我。
别人把咱们的身体分做两个，
是他们把自己的指头压在眼上，
所以会生出这样的错。
你不要像他们这样的眼光，
要知道我就是你啊，你就是我。

敏明唱完，又舞了一会。加陵说：“我今天才知道你的技艺精到这个地步。你所唱的也是很好。且把这歌曲的故事说给我听。”敏明说：“这曲倒没有什么故事，不过是平常的恋歌，你能把里头的意思听出来就够了。”加陵说：“那么，你这支曲是为我唱的。我也很愿意对你说：我就是你，你就是我。”

他们二人的感情几年来就渐渐浓厚。这次见面的时候，又受了那么好的感触，所以彼此的心里都承认他们求婚的机会已经成熟。

敏明愿意再帮父亲二三年才嫁，可是她没有向加陵说明。加陵起先以为敏明是一个很信佛法的女子，怕她后来要到尼庵去实行她的独身主义，所以不敢动求婚的念头。现在瞧出她的心志不在那里，他就决意回去要求婆多瓦底的同意，把她娶过来。照缅甸的风俗，子女的婚嫁本没有要求父母同意的必要，加陵很尊重他父亲的意见，所以要履行这种手续。

他们谈了半晌工夫，敏明的父亲宋志从外面进来，抬头瞧见加陵坐在窗边，就说："加陵君，别后平安啊！"加陵忙回答他，转过身来对敏明说："你父亲回来了。"敏明待下去，她父亲已经登楼。他们三人坐过一会，谈了几句客套，加陵就起身告辞。敏明说："你来的时间不短，也该回去了。你且等一等，我把这些舞具收拾清楚，再陪你在街上走几步。"

宋志眼瞧着他们出门，正要到自己屋里歇一歇，恰好玛弥上楼来收拾东西。宋志就对她说："你把那盘槟榔送到我屋里去罢。"玛弥说："这是他们剩下的，已经残了。我再给你拿些新鲜的来。"

玛弥把槟榔送到宋志屋里，见他躺在席上，好像想什么事情似的。宋志一见玛弥进来，就起身对她说："我瞧他们两人实在好得太厉害。若是敏明跟了他，我必要吃亏。你有什么好方法叫他们二人的爱情冷淡没有？"玛弥说："我又不是蛊师，哪有好方法离间他们？我想主人你也不必想什么方法，敏明姑娘必不至于嫁他。因为他们一个是属蛇，一个是属鼠的[②]。就算我们肯将姑娘嫁给他，他的父亲也不愿意。"宋志说："你说的虽然有理，但现在生肖相克的话，好些人都不注重了。倒不如请一位蛊师来，请他在二人身上施一点法术更为得计。"

印度支那间有一种人叫做蛊师，专用符咒替人家制造命运。有时叫没有爱情的男女，忽然发生爱情；有时将如胶似漆的夫妻化为仇敌。操这种职业的人以暹罗的僧侣最多，且最受人信仰。缅甸人操这种职业的也不少。宋志因为玛弥的话提醒他，第二天早晨他就出门找蛊师去了。

晌午的时候，宋志和蛊师沙龙回来。他让沙龙进自己的卧房。玛弥一见沙龙进来，木鸡似的站在一边。她想到昨天在无意之中说出蛊师，引起宋志今天的实行，实在对不起她的姑娘。她想到这里，就一直上楼去告诉敏明。

敏明正在屋里念书，听见这消息，急和玛弥下来，蹑步到屏后，倾耳听他们的谈话。只听沙龙说："这事很容易办。你可以将她常用的贴身东西拿一两件来，我在那上头画些符，念些咒，然后给回她用，过几天就见功效。"宋志说："恰好这里有她一条常用的领巾，是她昨天回来的时候忘记带上去的。这东西可用吗？"沙龙说："可以的，但是能够得着……"

敏明听到这里已忍不住，一直走进去向父亲说："阿爸，你何必摆弄我呢？我不是你的女儿吗？我和加陵没有什么意，请你放心。"宋志蓦地里瞧见他女儿进来，简直不知道要用什么话对付她。沙龙也停了半晌才说："姑娘，我们不是谈你的事。请你放心。"敏明斥他说："狡猾的人，你的计我已知道了。你快去办你的事罢。"宋志说，"我的儿，你今天疯了吗？你且坐下，我慢慢给你说。"

敏明哪里肯依父亲的话，她一味和沙龙吵闹，弄得她父亲和沙龙很没趣。不久，沙龙垂着头走出来；宋志满面怒容蹲在床上吸烟；敏明也忿忿地上楼去了。

敏明那一晚上没有下来和父亲用饭。她想父亲终久会用蛊术离间他们，不由得心里难过。她躺在床上翻来覆去。绣枕早已被她的眼泪湿透了。

第二天早晨，她到镜台梳洗，从镜里瞧见她满面都是鲜红色，——因为绣枕褪色，印在她的脸上——不觉笑起来。

她把脸上那些印迹洗掉的时候，玛弥已捧一束鲜花、一杯咖啡上来。敏明把花放在一边，一手倚着窗棂，一手拿住茶杯向窗外出神。

她定神瞧着围绕瑞大光的彩云，不理会那塔的金光向她的眼睑射来，她精神因此就十分疲乏。她心里的感想和目前的光融洽，精神上现出催眠的状态。她自己觉得在瑞大光塔顶站着，听见底下的护塔铃叮叮当当地响。她又瞧见上面那些王侯所献的宝石，个个都发出很美丽的光明。她心里喜欢得很，不歇用手去摩弄，无意中把一颗大红宝石摩掉了。她忙要俯身去捡时，那宝石已经掉在地上，她定神瞧着那空儿，要求那宝石掉下的缘故，不觉有一种更美丽的宝光从那里射出来。她心里觉得很奇怪，用手扶着金壁，低下头来要瞧瞧那空儿里头的光景。不提防那壁被她一推，渐渐向后，原来是一扇宝石的门。

那门被敏明推开之后，里面的光直射到她身上。她站在外边，望里一瞧，觉得里头的山水、树木，都是她平生所不曾见过的。她在不知不觉中，已经向前走了几十步。耳边恍惚听见有人对她说："好啊！你回来啦。"敏明回头一看，觉得那人很熟悉，只是一时不能记出他的名字。她听见"回来"这两字，心里很是纳闷，就向那人说："我不住在这里，为何说我回来？你是谁？我好像在哪里与你会过似的。这是什么地方？"那人笑说："哈哈！去了这些日子，连自己家乡和平日间往来的朋友也忘了。肉体的障碍真是大哟。"敏明听了这话，简直莫名其妙。又问他说："我是谁？有那么好福气住在这里。我真是在这里住过吗？"那人回答说："你是谁？你自己知道。若是说你不曾住过这里，我就领你到处逛一逛，瞧你认得不认得。”

敏明听见那人要领她到处去逛逛，就忙忙答应，但所见的东西，敏明一点也记不清楚，总觉得样样都是新鲜的。那人瞧见敏明那么迷糊，就对她说：“你既然记不清，待我一件一件告诉你。”

敏明和那人走过一座碧玉牌楼。两边的树罗列成行，开着很好看的花。红的、白的、紫的、黄的，各色齐备。树上有些鸟声，唱得很好听。走路时，有些微风慢慢吹来，吹得各色的花瓣纷纷掉下：有些落在人的身上；有些落在地上；有些还在空中飞来飞去。敏明的头上和肩膀上也被花瓣贴满，遍体熏得很香。那人说：“这些花木都是你的老朋友，你常和它们往来。它们的花是长年开放的。”敏明说：“这真是好地方，只是我总记不起来。”

走不多远，忽然听见很好的乐音。敏明说：“谁在那边奏乐？”那人回答说：“那里有人奏乐，这里的声音都是发于自然的。你所听的是前面流水的声音。我们再走几步就可以瞧见。”进前几步果然有些泉水穿林而流。水面浮着奇异的花草，还有好些水鸟在那里游泳。敏明只认得些荷花、溪鹕，其余都不认得。那人很不耐烦，把各样的东西都告诉她。

他们二人走过一道桥，迎面立着一片琉璃墙。敏明说：“这墙真好看，是谁在里面住？”那人说：“这里头是乔答摩宣讲法要的道场。现时正在演说，好些人物都在那里聆听法音。转过这个墙角就是正门。到的时候，我领你进去听一听。”敏明贪恋外面的风景，不愿意进去。她说：“咱们逛会儿再进去罢。”那人说：“你只会听粗陋的声音，看简略的颜色和闻污劣的香味。那更好的、更微妙的，你就不理会了。……好，我再和你走走，瞧你了悟不了悟。”

二人走到墙的尽头，还是穿入树林。他们踏着落花一直进前，树上的鸟声，叫得更好听。敏明抬起头来，忽然瞧见南边的树枝上有一对很美丽的鸟呆立在那里，丝毫的声音也不从他们的嘴里发出。敏明指着向那人说：“只只鸟儿都出声吟唱，为什么那对鸟儿不出声音呢？那是什么鸟？”那人说：“那是命命鸟。为什么不唱，我可不知道。”

敏明听见“命命鸟”三字，心里似乎有点觉悟。她注神瞧着那鸟，猛然对那人说：“那可不是我和我的好朋友加陵么，为何我们都站在那里？”那人说：“是不是，你自己觉得。”敏明抢前几步，看来还是一对呆鸟。她说：“还是一对鸟儿在那里，也许是我的眼花了。”

他们绕了几个弯，当前现出一节小溪把两边的树林隔开。对岸的花草，似乎比这边更新奇。树上的花瓣也是常常掉下来。树下有许多男女：有些躺着的，有些站着的，有些坐着的。各人在那里说说笑笑，都现出很亲密的样子。敏明说：“那边的花瓣落得更妙，人也多一点，我们一同过去逛逛罢。”那人说：“对岸可不能去。那落的叫做情尘，若是望人身上落得多了就不好。”敏明说：“我不怕。你领我过去逛逛罢。”那人见敏明一定要，过去就对她说：“你必要过那边去，我可不能陪你了。你可以自己找一道桥过去。”他说完这话就不见了。敏明回头瞧见那人不在，自己循着水边，打算找一道桥过去。但找来找去总找不着，只得站在这边瞧过去。

她瞧见那些花瓣越落越多，那班男女几乎被葬在底下。有一个男子坐在对岸的水边，身上也是满了落花。一个紫衣的女子走到他跟前说："我很爱你，你是我的命。我们是命命鸟。除你以外，我没有爱过别人。"那男子回答说："我对于你的爱情也是如此。我除了你以外不曾爱过别的女人。"紫衣女子听了，向他微笑，就离开他。走不多远，又遇着一位男子站在树下，她又向那男子说："我很爱你，你是我的命。我们是命命鸟，除你以外，我没有爱过别人。"那男子也回答说："我对于你的爱情也是如此。我除了你以外不曾爱过别的女人。"

敏明瞧见这个光景，心里因此发生了许多问题，就是：那紫衣女子为什么当面撒谎，和那两位男子的回答为什么不约而同？她回头瞧那坐在水边的男子还在那里，又有一个穿红衣的女子走到他面前，还是对他说紫衣女子所说的话。那男子的回答和从前一样，一个字也不改。敏明再瞧那紫衣女子，还是挨着次序向各个男子说话。她走远了，话语的内容虽然听不见，但她的形容老没有改变。各个男子对她也是显出同样的表情。

敏明瞧见各个女子对于各个男子所说的话都是一样；各个男子的回答也是一字不改，心里正在疑惑，忽然来了一阵狂风把对岸的花瓣刮得干干净净，那班男女立刻变成很凶恶的容貌，互相啮食起来。敏明瞧见这个光景，吓得冷汗直流。她忍不住就大声喝道："嗳呀！你们的感情真是反复无常。"

敏明手里那杯咖啡被这一喝，全都泻在她的裙上。楼下的玛弥听见楼上的喝声，也赶上来。玛弥瞧见敏明周身冷汗，扑在镜台上头，忙上前把她扶起，问道："姑娘你怎样啦？烫着了没有？"敏明醒来，不便对玛弥细说，胡乱答应几句就打发她下去。

敏明细想刚才的异象，抬头再瞧窗外的瑞大光，觉得那塔还是被彩云绕住，越显得十分美丽。她立起来，换过一条绛色的裙子，就坐在她扑卧榻上头。她想起在树林里忽然瞧见命命鸟变做她和加陵那回事情，心中好像觉悟他们两个是这边的命命鸟，和对岸自称为命命鸟的不同。她自己笑着说："好在你不在那边。幸亏我不能过去。"

她自经过这一场恐慌，精神上遂起了莫大的变化。对于婚姻另有一番见解，对于加陵的态度更是不像从前。加陵一点也觉不出来，只猜她是不舒服。

自从敏明回来，加陵没有一天不来找她。近日觉得敏明的精神异常，以为自己没有向她求婚，所以不高兴。加陵觉得他自己有好些难解决的问题，不能不对敏明说。第一，是他父亲愿意他去当和尚；第二，纵使准他娶妻，敏明的生肖和他不对，顽固的父亲未必承认。现在瞧见敏明这样，不由得不把衷情吐露出来。

加陵一天早晨来到敏明家里，瞧见她的态度越发冷静，就安慰她说："好朋友，你不必忧心，日子还长呢。我在咱们的事情上头已经有了打算。父亲若是不肯，咱们最终的办法就是'照例逃走'。你这两天是不是为这事生气呢？"敏明说："这倒不值得生气。不过这几晚睡得迟，精神有一点疲倦罢了。"

加陵以为敏明的话是真，就把前日向父亲要求的情形说给她听。他说："好朋友，你瞧我的父亲多么固执。他一意要我去当和尚，我前天向他说些咱们的事，他还要请人来给我说法，你说好笑不好笑？"敏明说："什么法？"加陵说："那天晚上，父亲把昙摩蜱请来。我以为有别的事要和他商量，谁知他叫我到跟前教训一顿。你猜他对我讲什么经呢？好些话我都忘记了。内中有一段是很有趣、很容易记的。我且念给你听：

"佛问摩邓曰：'女爱阿难何似？'女言：'我爱阿难眼；爱阿难鼻；爱阿难口；爱阿难耳；爱阿难声音；爱阿难行步。'佛言：'眼中但有泪；鼻中但有洟；口中但有唾；耳中但有垢；身中但有屎尿，臭气不净。'

"昙摩蜱说得天花乱坠，我只是偷笑。因为身体上的污秽，人人都有，那能因着这些小事，就把爱情割断呢？况且这经本来不合对我说；若是对你念，还可以解释得去。"

敏明听了加陵末了那句话，忙问道："我是摩邓吗？怎样说对我念就可以解释得去？"加陵知道失言，忙回答说："请你原谅，我说错了。我的意思不是说你是摩邓，是说这本经合于对女人说。"加陵本是要向敏明解嘲，不意反触犯了她。敏明听了那几句经，心里更是明白。他们两人各有各的心事，总没有尽情吐露出来。加陵坐不多会，就告辞回家去了。

涅槃节近啦。敏明的父亲直催她上比古去，加陵知道敏明明日要动身，在那晚上到她家里，为的是要给她送行。但一进门，连人影也没有，转过角门，只见玛弥在她屋里缝衣服。

那时候约在八点钟的光景。

加陵问玛弥说：“姑娘呢？”玛弥抬头见是加陵，就陪笑说：“姑娘说要去找你，你反来找她。她不曾到你家去吗？她出门已有一点钟工夫了。”加陵说：“真的么？”玛弥回了一声：“我还骗你不成。”低头还是做她底活计。加陵说：“那么，我就回去等她。……你请。”

加陵知道敏明没有别处可去，她一定不会趁瑞大光的热闹。他回到家里，见敏明没来，就想着她一定和女伴到绿绮湖上乘凉。因为那夜的月亮亮得很，敏明和月亮很有缘；每到月圆的时候，她必招几个朋友到那里谈心。

加陵打定主意，就向绿绮湖去。到的时候，觉得湖里静寂得很。这几天是涅槃节期，各庙里都很热闹，绿绮湖的冷月没人来赏玩，是意中的事。加陵从爱德华第七的造像后面上了山坡，瞧见没人在那里，心里就有几分诧异。因为敏明每次必在那里坐，这回不见她，谅是没有来。

他走得很累，就在凳上坐一会。他在月影朦胧中瞧见地下有一件东西，捡起来看时，却是一条蝉翼纱的领巾。那巾的两端都绣一个吉祥海云的徽识，所以他认得是敏明的。

加陵知道敏明还在湖边，把领巾藏在袋里，就抽身去找她。他踏二弯虹桥，转到水边的乐亭，瞧没有人，又折回来。他在山丘上注神一望，瞧见西南边隐隐有个人影，忙上前去，见有几分像敏明。加陵蹑步到野蔷薇垣后面，意思是要吓她。他瞧见敏明好像是找什么东西似的，所以静静伏在那里看她要做什么。

敏明找了半天，随在乐亭旁边摘了一枝优钵昙花，走到湖边，向着瑞大光合掌礼拜。加陵见了，暗想她为什么不到瑞大光膜拜去？于是再蹑足走近湖边的蔷薇垣，那里离敏明礼拜的地方很近。加陵恐怕再触犯她，所以不敢做声。只听她的祈祷。

女弟子敏明，稽首三世诸佛：我自万劫以来，迷失本来智性，因此堕入轮回，成女人身。现在得蒙大慈，示我三生因果。我今悔悟，誓不再恋天人，致受无量苦楚。愿我今夜得除一切障碍，转生极乐国土。愿勇猛无畏阿弥陀，俯听恳求接引我。南无阿弥陀佛。

加陵听了她这番祈祷，心里很受感动。他没有一点悲痛，竟然从蔷薇垣里跳出来，对着敏明说："好朋友，我听你刚才的祈祷，知道你厌弃这世间，要离开它。我现在也愿意和你同行。"

敏明笑道："你什么时候来的？你要和我同行，莫不你也厌世吗？"加陵说："我不厌世。因为你的原故，我愿意和你同行。我和你分不开。你到那里，我也到那里。"敏明说："不厌世，就不必跟我去。你要记得你父亲愿你做一个转法轮的能手。你现在不必跟我去以后还有相见的日子。"加陵说："你说不厌世不必死，这话有些不对。譬如我要到蛮得勒去，不是嫌恶仰光，不过我未到过那城，所以愿意去瞧一瞧。但有些人很厌恶仰光，他巴不得立刻离开才好。现在，你是第二类的人，我是第一类的人，为什么不让我和你同行？"敏明不料加陵会来，更不料他一下就决心要跟从她。现在听他这一番话语，知道他与自己的觉悟虽然不同，但她常感得他们二人是那世界的命命鸟，所以不甚阻止他。到这里，她才把前几天的事告诉加陵。加陵听了，心里非常的喜欢，说：“有那么好的地方，为何不早告诉我？我一定离不开你了，我们一块儿去罢。”　　那时月光更是明亮。树林里萤火无千无万地闪来闪去，好像那世界的人物来赴他们的喜筵一样。

加陵一手搭在敏明的肩上，一手牵着她。快到水边的时候，加陵回过脸来向敏明的唇边啜了一下。他说：“好朋友，你不亲我一下么？”敏明好像不曾听见，还是直地走。

他们走入水里，好像新婚的男女携手入洞房那般自在，毫无一点畏缩。在月光水影之中，还听见加陵说：“咱们是生命的旅客，现在要到那个新世界，实在叫我快乐得很。”

现在他们去了！月光还是照着他们所走的路；瑞大光远远送一点鼓乐的声音来；动物园的野兽也都为他们唱很雄壮的欢送歌；惟有那不懂人情的水，不愿意替他们守这旅行的秘密，要找机会把他们的躯壳送回来。

注释：

① 巴打拉：一种竹制的乐器。

② 缅甸的生肖是算日的，礼拜四生的属鼠，礼拜六生的属蛇。

没有秋虫的地方

叶圣陶

叶圣陶（1894 — 1988），原名叶绍钧，字圣陶，汉族人，江苏苏州人，著名作家、教育家、编辑家、文学出版家和社会活动家。解放后，叶圣陶曾担任出版总署副署长、人民教育出版社社长、教育部副部长。他也是第六届全国政协副主席、第五届全国人大常委委员、第五届全国政协常委委员、民进中央主席。叶圣陶于 1988 年 2 月 16 日于北京逝世，享年 94 岁。

阶前看不见一茎绿草，窗外望不见一只蝴蝶，谁说是鹁鸽箱里的生活，鹁鸽未必这样枯燥无味呢。

秋天来了，记忆就轻轻提示道，“凄凄切切的秋虫又要响起来了。”可是一点影响也没有，邻舍儿啼人闹弦歌杂作的深夜，街上轮震石响邪许并起的清晨，无论你靠着枕头听，凭着窗沿听，甚至贴着墙角听，总听不到一丝秋虫的声息。并不是被那些欢乐的劳困的宏大的清亮的声音淹没了，以致听不出来，乃是这里根本没有秋虫。啊，不容留秋虫的地方！秋虫所不屑居留的地方！

若是在鄙野的乡间，这时候满耳朵是虫声了。白天与夜间一样地安闲；一切人物或动或静，都有自得之趣；嫩暖的阳光和轻淡的云影覆盖在场上。到夜呢，明耀的星月和轻微的凉风看守着整夜，在这境界这时间里唯一足以感动心情的就是秋虫的合奏。它们高低宏细疾徐作歇，仿佛经过乐师的精心训练，所以这样地无可批评，踌躇满志。其实它们每一个都是神妙的乐师；众妙毕集，各抒灵趣，哪有不成人间绝响的呢。

虽然这些虫声会引起劳人的感叹，秋士的伤怀，独客的微喟，思妇的低泣；但是这正是无上的美的境界，绝好的自然诗篇，不独是旁人最欢喜吟味的，就是当境者也感受一种酸酸的麻麻的味道，这种味道在另一方面是非常隽永的。

大概我们所蕲求的不在于某种味道，只要时时有点儿味道尝尝，就自诩为生活不空虚了。假若这味道是甜美的，我们固然含着笑来体味它；若是酸苦的，我们也要皱着眉头来辨尝它：这总比淡漠无味胜过百倍。我们以为最难堪而极欲逃避的，惟有这个淡漠无味！

所以心如槁木不如工愁善感，迷朦的醒不如热烈的梦，一口苦水胜于一盏白汤，一场痛哭胜于哀乐两忘。这里并不是说愉快乐观是要不得的，清健的醒是不必求的，甜汤是罪恶的，狂笑是魔道的；这里只是说有味远胜于淡漠罢了。

所以虫声终于是足系恋念的东西。何况劳人秋士独客思妇以外还有无量数的人，他们当然也是酷嗜趣味的，当这凉意微逗的时候，谁能不忆起那美妙的秋之音乐？

可是没有，绝对没有！井底似的庭院，铅色的水门汀地，秋虫早已避去惟恐不速了。而我们没有它们的翅膀与大腿，不能飞又不能跳，还是死守在这里。想到“井底”与“铅色”，觉得象征的意味丰富极了。

一九二三年八月三十一日作

庐山游记（节选）

胡适

胡适（1891—1962），安徽绩溪人。现代著名学者、诗人、历史家、文学家、哲学家。因提倡文学革命而成为新文化运动的领袖之一。原名嗣穈，学名洪骍，字希疆，后改名胡适，字适之，笔名天风、藏晖等，其中，适与适之之名与字，乃取自当时盛行的达尔文学说“物竞天择，适者生存”典故。

昨夜大雨，终夜听见松涛声与雨声，初不能分别，听久了才分得出有雨时的松涛与雨止时的松涛，声势皆很够震动人心，使我终夜睡眠甚少。

早起雨已止了，我们就出发。从海会寺到白鹿洞的路上，树木很多，雨后青翠可爱。满山满谷部是杜鹃花，有两种颜色，红的和轻紫的，后者更鲜艳可喜。去年过日本时，樱花已过，正值杜鹃花盛开，颜色种类很多，但多在公园及私人家宅中

见之，不如今日满山满谷的气象更可爱。因作绝句记之：

长松鼓吹寻常事，最喜山花满眼开。
嫩紫鲜红都可爱，此行应为杜鹃来。

到白鹿洞。书院旧址前清时用作江西高等农业学校，添有校舍，建筑简陋潦草，真不成个样子。农校已迁去，现设习林事务所。附近大松树都钉有木片，写明保存古松第几号。此地建筑虽极不堪，然洞外风景尚好。有小溪，浅水急流，铮淙可听；溪名贯道溪，上有石桥，即使道桥，楷朱子起的名字。桥上望见洞后诸松中一松有紫藤花，直上到树杪，藤花正盛开，艳丽可喜。

白鹿洞本无洞，正德中，南康守王溱开后山作洞，知府何凿石鹿置洞中。这两人真是大笨伯！

白鹿洞在历史上占一个特殊地位，有两个原因。第一，因为白鹿洞书院是最早一个书院。南唐升元中（937—942）建为庐山国学，置田聚徒，以李善道为洞主。宋初因置为书院，与睢阳石鼓岳麓三书院落并称为“四大书院”，为书院的四个祖宗。第二，因为朱子重建白鹿洞书院，明定学远规，遂成后世几百年“讲学式”的书院的规模。宋末以至清初的书院皆属于这一种。到乾隆以后，朴学之风气已成，方才有一种新式的书院起来；阮元所创的诂经精舍、学海堂，可算是这种新式书院的代表。南宋的书院祀北宋周邵和诸先生；元明的书院祀和朱；晚明的书院多祀阳明；王学衰后，书院多祀和朱。乾嘉以后的书院乃不祀理学家而改祀许慎郑玄等。

所祀的不同便是这两大派书院的根本不同。祀许慎郑玄等。所祀的不同便是这两大派书院的根本不同。

朱子立白鹿洞书院在淳熙已亥（1178），他极看重此事，曾札上丞相说：

愿得比祠官例，为白鹿洞主，假之稍廪，使得终与诸生讲习其中，犹愈于崇奉异教香火，无事而食也。（《庐山志》八，页二，引《洞志》。）

他明明指斥宋代为道教宫观设祀官的制度，想从白鹿洞开一个儒门创例来抵制道教。他后来奏对孝宗，申说请赐书院额，并赐书的事，说：

今老佛之宫布满天下，大都逾百，小邑亦不下数十，而公私增益势犹未已。至于学校，则一郡一邑仅置一区，附廓之县又不复有。盛衰多寡相悬如此！（同上，页三。）

这都可见他当日的用心。他定的《白鹿洞规》，简要明白，遂成为后世七百年的教育宗旨。

庐山有三处史迹代表三大趋势：（一）慧远的东林，代表中国“沸教化”与佛教“中国化”的大趋势。（二）白鹿洞，代表中国近世七百年的宋学大趋势。（三）牯岭，代表西方文化侵入中国的趋势。

从白鹿洞到万杉寺。古为庆去庵，为“律”居，宋景德中有大超和尚手种杉树万株，天圣中赐名万杉。后禅学盛行，遂成“禅寺”。南宋张孝祥有诗云：

老干参天一万株，庐山佳处浮着图。
只因买断山中景，破费神龙百斛珠。
（《志》五，页六十四，引《程史》。）

今所见杉树，粗又如瘦碗，皆近两年年种的。有几株大樟树，其一为“五爪樟”，大概有三四百年的生命了；《指南》（编者按指《庐山指南》）说“皆宋时物”，似无据。

从万杉寺西地约二三里，到秀峰寺。吴氏旧《志》无秀峰寺，只有开光寺。毛德琦《庐山新起》（康熙五十九年成书。我在海会寺买得一部，有同治十年，宣统二年，民国四年补版。我的日记内注的卷页数，皆指此书。）说：

康熙丁亥（1707）寺僧超渊往淮迎驾，御书秀峰寺赐额，改今名。

明光寺起于南唐中主李璟。李主年少好文学，读书于庐山；后来先主代杨氏而建国，李璟为世子，遂嗣位。他想念庐山书堂，遂于其地立寺，因有开国之祥，故名开先寺，以绍宗和尚主之。宋初赐名开先华藏；后有善暹，为禅门大师，有众数百人。至行瑛，有治事才，黄山谷称“其材器能立事，任人役物如转石于千仞之溪，无不如意。”行瑛发愿重新此寺。

开先之屋无虑四百楹，成于瑛世者十之六，穷壮极丽，迄九年乃即功。（黄庭坚《开先禅院修造记》，《志》五，页十六至十八。）

此是开先极盛时。康熙间改名时，皇帝赐额，赐御书《心经》，其时“世之人无不知有秀峰”（郎廷极《秀峰寺记》，《志》五，页六至七。）其时也可称是盛世。到了今日，当时所谓“穷壮极丽”的规模只剩败屋十几间，其余只是颓垣废址了。读书台上有康熙帝临米芾书碑，尚完好；其下有石刻黄山谷书《七佛偈》，及王阳明正德庚辰（1520）三月《纪功题名碑》，皆略有损坏。

寺中虽颓废令人感叹，然寺外风景则绝佳。为山南诸处的最好风景。寺址在鹤鸣峰下，其西为龟背峰，又西为黄石岩，又西为又剑峰，又西南为香炉峰，都嵌奇可喜。鹤鸣与龟背之间有马尾泉瀑布，双剑之左有瀑布水；两个瀑泉遥遥相对，乎行齐下，下流入壑，汇合为一水，迸出山峡中，遂成最著蛐青玉峡奇景。水流出峡，入于龙潭。昆山与祖望先到青玉峡，徘徊不肯去，叫人来催我们去看。我同梦旦到了赤边，也徘徊不肯离去。峡上石刻甚多，有米帝书“第一山”大字，今钩摹作寺门题榜。

徐凝诗“今古长如白练飞，一条界破青山色”，即是咏瀑布的。李白《瀑布泉》诗也是指此瀑。旧《志》载瀑布水的诗甚多，但总没有能使人满意的。

由秀峰往西约十二里，到归宗寺。我们在此午餐，时已下午三点多钟，饿的不得了。归宗寺为庐山大寺，也很衰落了。我向寺中惜得《归宗寺志》四卷，是民国甲寅先勤本坤重修的，用活字排印，错误不少，然可供我的参考。

我们吃了饭，往游温泉。温泉在柴桑桥附近，离归宗寺约五六里，在一田沟里。雨后沟水浑浊，微见有两处起水泡，即是温泉。我们下手去试探，一处颇热，一处稍减。向农家买得三个鸡蛋，放在两处，约七八分钟，因天下雨了，取出鸡蛋，内里已温而未熟。日陇间有新碑，我去看，乃是星子县的告示，署民国十二年，中说，接康南海先生函述在此买田十亩，立界碑为记的事。康先生去年死了。他若不死，也许能在此建立一所浴室，他买的地横跨温泉的两岸。今地为康氏私产，而业归海会寺管理，那班和尚未必有此见识作此事了。

此地离栗里不远，但雨已来了，我们要赶回归宗，不能去寻访陶渊明的故里了。道上见一石碑，有“柴桑桥”大字。旧《志》已说，“渊明故居，今不知处”。（四，页七。）桑乔疏说，去柴桑桥一里许有渊明的醉石。（四，页六。）旧《志》又说，醉石谷中有五柳馆，归去来馆。归去来馆是朱子建的，即在醉石之侧。朱子为手书颜真卿《醉石诗》，并作长跋，皆刻石上，其年月为淳熙辛丑（1181）七月。（四，页八。）此二馆令皆不存，醉石也不知去向了。庄百俞先生《庐山游记》说他曾访醉石，乡人皆不知。记之以告后来的游者。

今早轿上读旧《志》所载周必大《庐山后录》，其中说他访栗里，求醉石，上人直云，“此去有陶公祠，无栗里也。”（十四，页十八乙。）南宋时已如此，我们在七百年后更不易寻此地了，不如阙疑为上。《后录》有云：

> 尝记前人题诗云：
> 五字高吟酒一瓢，庐山千古想风标。
> 至今门外青青柳，不为东风肯折腰。
> 惜乎不记其姓名。

我读此诗，忽起一感想：陶渊明不肯折腰，为什么却爱那最会折腰的柳树？今日从温泉回来，戏用此意作一首诗：

陶渊明同他的五柳

当年有个陶渊明，不惜性命只贪酒。
骨硬不能深折腰，弃官回来空两手。
瓮中无米琴无弦，老妻娇儿赤脚走。
先生吟诗自嘲讽，笑指篱边五株柳：
“看他风里尽低昂！这样腰肢我无有。”

晚上在归宗寺过夜。

十七，四，九

我所知道的康桥

徐志摩

徐志摩（1897—1931），浙江海宁人。现代著名诗人、散文家。1921 年开始新诗创作。1923 年参与发起新月社，成为新月社诗派的代表诗人。著有诗集《翡冷翠的一夜》《猛虎集》《云游》，散文集《落叶》《巴黎的鳞爪》《自剖》等。

其中，《再别康桥》《翡冷翠的一夜》《我所知道的康桥》《翡冷翠山居闲话》等都是传世的名篇。

该文1926年发表。康桥，今译剑桥，是英国著名的剑桥大学所在地。作者曾在剑桥大学留学两年。作品描写康桥的自然美景，回忆了当年的留学生活。文章融写景、抒情于一体，诗意盎然，文采华丽。

一

我这一生的周折，大都寻得出感情的线索。不论别的，单说求学。我到英国是为要从罗素。罗素来中国时，我已经在美国。他那不确的死耗传到的时候，我真的出眼泪不够，还做悼诗来了。他没有死，我自然高兴。我摆脱了哥伦比亚大博士衔的引诱，买船票过大西洋，想跟这位二十世纪的福禄泰尔认真念一点书去。谁知一到英国才知道事情变样了：一为他在战时主张和平，二为他离婚，罗素叫康桥给除名了，他原来是 Trinity College 的 fellow，这来他的 fellowship 的也给取消，他回英国后就在伦敦住下，夫妻两人卖文章过日子。因此我也不曾遂我从学的始愿。我在伦敦政治经济学院里混了半年，正感着闷想换路走的时候，我认识了狄更生先生。狄更生——Galsworthy Lowes Dickinson——是一个有名的作者，他的《一个中国人通信》（Letters from John Chinaman）与《一个现代聚餐谈话》（A Modern Symposium）两本小册子早得了我的景仰。我第一次会着他是在伦敦国际联盟协会席上，那天林宗孟先生演说，他做主席；第二次是宗孟寓里吃茶，有他。以后我常到他家里去。他看出我的烦闷，劝我到康桥去，他自己是王家”学院（Kings College）的fellow。我就写信去问两个学院，回信都说学额早满了，随后还是狄更生先生替我去在他的学院里说好了，给我一个特别生的资格，随意选科听讲。从此黑方巾、黑披袍的风光也被我占着了。初起我在离康桥六英里的乡下叫沙士顿地方租了几间小屋住下，同居的有我从前的夫人张幼仪女士与郭虞裳君。每天一早我坐街车（有时自行车）上学，到晚回家。这样的生活过了一个春，但我在康桥还只是个陌生人谁都不认识。康桥的生活，可以说完全不曾尝着，我知道的只是一个图书馆，几个课室，和三两个吃便宜饭的茶食铺子。狄更生常在伦敦或是大陆上，所以也不常见他。那年的秋季我一个人回到康桥整整有一学年，那时我才有机会接近真正的康桥生活，同时我也慢慢的“发见”了康桥。我不曾知道过更大的愉快。

二

“单独”是一个耐寻味的现象。我有时想它是任何发见的第一个条件。你要发见你的朋友的“真”，你得有与他单独的机会。你要发见你自己的真，你得给你自己一个单独的机会。你要发见一个地方（地方一样有灵性），你也得有单独玩的机会。我们这一辈子，认真说，能认识几个人？能认识几个地方？我们都是太匆忙，太没有单独的机会。说实话，我连我的本乡都没有什么了解。康桥我要算是有相当交情的，再次许只有新认识的翡冷翠了。啊，那些清晨，那些黄昏，我一个人发痴似的在康桥！绝对的单独。但一个人要写他最心爱的对象，不论是人是地，是多么使他为难的一个工作？

你怕，你怕描坏了它，你怕说过分了恼了它，你怕说太谨慎了辜负了它。我现在想写康桥，也正是这样的心理，我不曾写，我就知道这回是写不好——况且又是临时逼出来的事情。但我却不能不写，上期预告已经出去了。我想勉强分两节写：一是我所知道的康桥的天然景色；一是我所知道的康桥的学生生活。我今晚只能极简的写些，等以后有兴会时再补。

三

康桥的灵性全在一条河上；康河，我敢说是全世界最秀丽的一条水。河的名字是葛兰大（Granta），也有叫康河（River Cam）的，许有上下流的区别，我不甚清楚。河身多的是曲折，上游是有名的拜伦潭——"Byron's Pool"——当年拜伦常在那里玩的；有一个老村子叫格兰骞斯德，有一个果子园，你可以躺在累累的桃李荫下吃茶，花果会掉入你的茶杯，小雀子会到你桌上来啄食，那真是别有一番天地。这是上游；下游是从骞斯德顿下去，河面展开，那是春夏间竞舟的场所。上下河分界处有一个坝筑，水流急得很，在星光下听水声，听近村晚钟声，听河畔倦牛刍草声，是我康桥经验中最神秘的上一种：大自然的优美、宁静，调谐在这星光与波光的默契中不期然的淹入了你的性灵。但康河的精华是在它的中权，著名的"Backs"，这两岸是几个最蜚声的学院的建筑。从上面一来是 Penbroke，St.Katharine's，King's，Clare，Trinity，St.John's。最令人留连的一节是克莱亚与王家学院的毗连处，克莱亚的秀丽紧邻着王家教堂（King's Chapel）的宏伟。别的地方尽有更美更庄严的建筑，例如巴黎赛因河的罗浮宫一带，威尼斯的利阿尔多大桥的两岸，翡冷翠维基乌大桥的周遭；但康桥的“Backs”自有它的特长，这不容易用一二个状词来概括，它那脱尽尘埃气的一种清澈秀逸的意境可说是超出了画图而化生龙活虎音乐的神味。再没有比这一群建筑更调谐更匀称的了！论画，可比的许只有柯罗（Corot）的田野；论音乐，可比的许只有萧班（Chopin）的夜曲。就这也不能给你依稀的印象，它给你的美感简直是神灵性的一种。

假如你站在王家学院桥边的那棵大桔树荫下眺望，右侧面，隔着一大方浅草坪，是我们的校友居（fellowsbuilding），那年代并不早，但它的妩媚也是不可掩的，它那苍白的石壁上春夏间满缀着艳色的蔷薇在和风中摇颤，更移左是那教堂，森林似的尖阁不可涣的永远直指着天空；更左是克莱亚，啊！那不可信的玲珑的方庭，谁说这不是圣克莱亚（St.Clare）的化身，那一块石上不闪耀着她当年圣洁的精神？在克莱亚后背隐约可辨的是康桥最潢贵最骄纵的三清学院（Trinity），它那临河的图书楼上坐镇着拜伦神采惊人的雕像。但这时你的注意早已叫克莱亚的三环洞桥魔术似的摄住。你见过西湖白堤上的西泠断桥不是？（可怜它们早已叫代表近代丑恶精神的汽车公司给铲平了，现在它们跟着苍凉的雷峰永远离别了人间。）你忘不了那桥上斑驳的苍苔，木栅的古色，与那桥拱下泄露的湖光与山色不是？克莱亚并没有那样体面的衬托，它也不比庐山楼贤寺旁的观音桥，上瞰五老的奇峰，下临深潭与飞瀑；它只是怯伶伶的一座三环洞的小桥，它那桥洞间也只掩映着细纹的波鳞与婆娑的树影，它那桥上栉比的小穿兰与兰节顶上双双的白石球，也只是村姑子头上不夸张的香草与野花一类的装饰；但你凝神的看着，更凝神的看着，你再反省你的心境，看还有一丝屑的俗念沾滞不？只要你审美的本能不曾汩灭时，这是你的机会实现纯粹美感的神奇！但你还得选你赏鉴的时辰。英国的天时与气候是走极端的。冬天是荒谬的坏，逢着连绵的雾盲天你一定不迟疑的甘愿进地狱本身去试试；春天（英国是几乎没有夏天的）是更荒谬的可爱，尤其是它那四五月间最渐缓最艳丽的黄昏，那才真是寸寸黄金。在康河边上过一个黄昏是一服灵魂的补剂。啊！我那时蜜甜的单独，那时蜜甜的闲暇。一晚又一晚的，只见我出神似的倚在桥栏上向西天凝望：——看一回凝静的桥影，数一数螺钿的波纹：我倚暖了石栏的青苔，青苔凉透了我的心坎；……还有几句更笨重的怎能仿佛那游丝似轻妙的情景：难忘七月的黄昏，远树凝寂，像墨泼的山形，衬出轻柔暝色密稠稠，七分鹅黄，三分橘绿，那妙意只可去秋梦边缘捕捉。

……

四

这河身的两岸都是四季常青最葱翠的草坪。从校友居楼上望去，对岸草场上，不论早晚，永远有十数匹黄牛与白马，胫蹄没在恣蔓的草丛中，从容的在咬嚼，星星的黄花在风中动荡，应和着它们尾鬃的扫拂。桥的两端有斜倚的垂柳与桔荫护祝水是彻底的清澄，深不足四尺，匀匀的长着长条的水草。这岸边的草坪又是我的爱宠，在清朝，在傍晚，我常去这天然的织锦上坐地，有时读书，有时看水；有时仰卧着看天空的行去，有时反仆着搂抱大地的温软。但河上的风流还不止两岸的秀丽，你买船去玩。船不止一种：有普通的双桨划船，有轻快的薄皮舟（canoe），有最别致的长形撑篙船(punt)。最末的一种是别处不常有的：约莫有二丈长，三尺宽，你站直在船艄上用长竿撑着走的。这撑是一种技术。我手脚太蠢，始终不曾学会。你初起手尝试时，容易把船身横住在河中，东颠西撞的狼狈。英国人是不轻易开口笑人的，但是小心他们不出声的皱眉！也不知有多少次河中本来悠闲的秩序叫我这莽撞的外行给捣乱了。我真的始终不曾学会；每回我不服输跑去租船再试的时候，有一个白胡子的船家往往带讥讽的对我说："先生，这撑船费劲，天热累人，还是拿个薄皮舟溜溜吧！"我那里肯听话，长篙子一点就把船撑了开去，结果还是把河身一段段的腰斩了去。你站在桥上去看人家撑，那多不费劲，多美！尤其在礼拜天有几个专家的女郎，穿一身缟素衣服，裙裾在风前悠悠的飘着，戴一顶宽边的薄纱帽，帽影在水草间颤动，你看她们出桥洞时的姿态，捻起一根竟像没分量的长竿，只轻轻的，不经心的往波心里一点，身子微微的一蹲，这船身便波的转出了桥影，翠条鱼似的向前滑了去。她们那敏捷，那轻盈，真是值得歌咏的。

在初夏阳光渐暖时你去买一支小船，划去桥边荫下躺着念你的书或是做你的梦，槐花香在水面上飘浮，鱼群的唼喋声在你的耳边挑逗。或是在初秋的黄昏，近着新月的

寒光，望上流僻静处远去。爱热闹的少年们揣着他们的女友，在船沿上支着双双的东洋红纸灯，带着话匣子，船心里用软垫铺着，也开向无人迹处去享他们的野福——谁不爱听那水底翻的音乐在静定的河上描写梦意与春光！

住惯城市的人不易知道季候的变迁。看见叶子掉知道是秋，看见叶子绿知道是春；天冷了装炉子，天热了拆炉子；脱下棉袍，换上夹袍，脱下夹袍，芽上单袍；不过如此罢了。天上星斗的消息，地下泥土里的消息，空中风吹的消息，都不关我们的事。忙着哪，这样那样事情多着，谁耐烦管星星的移转，花草的消长喂，风云的变幻？同时我们抱怨我们的生活、苦痛、烦闷、拘束、枯燥，谁肯承认做人是快乐？谁不多少间咒诅人生？但不满意的生活大都是由于自取的。我是一个生命的信仰者，我信生活绝不是我们大多数人仅仅从自身经验推得的那样暗惨。我们的病根是在“忘本”。人是自然的产儿，就比枝头的花与鸟是自然的产儿，但我们不幸是文明人，入世深似一天，离自然远似一天。离开了泥土的花草，离开了水的鱼，能快活吗？能生存吗？从大自然，我们取得我们的生命；从大自然，我们应分取得我们继续的资养。那一株婆娑的大木没有盘错的根只深入在无尽藏的地里？我们是永远不能独立的。有幸福是永远不离母亲抚育的孩子，有健康是永远接近自然的人们。不必一定与鹿豕游，不必一定回“洞府”去；为医治我们当前生活的枯窘，只要“不完全遗忘自然”一张轻淡的药方我们的病象就有缓和的希望。在青草里打几个滚，到海水里洗几次浴，到高处去看几次朝霞与晚照——

你肩背上的负担就会轻松了去的。这是极肤浅的道理；当然。但我要没有过过康桥的日子，我就不会有这样的自信。我这一辈子就只那一春，说也可怜，算是不曾虚度。就只那一春，我的生活是自然的，是真愉快的！（虽则碰巧那也是我最感受人生痛苦的时期。）我那时有的是闲暇，有的是自由，有的是绝对单独的机会。说也奇怪，竟像是第一次，我辨认了星月的光明，草的青，花的香，流水的殷勤我能忘记那初春的睥睨吗？曾经有多少个清晨我独自冒着冷去薄霜铺地的林子里闲步——为听鸟语，为盼朝阳，为寻泥土里渐次苏醒的花草，为体会最微细最神妙的春信。啊，那是新来的画眉在那边调不尽的青枝上试它的新声！啊，这是第一朵小雪球花挣出了半冻的地面！啊，这不是新来的潮润沾上了寂寞的柳条？静极了，这朝来水溶溶的大道，只远处牛奶车的铃声，点缀这周遭的沉默。顺着这大道走去，走到尽头，再转入林子目里的小径，往烟雾浓密处走去，头顶是交枝的榆荫，透露着漠愣愣的曙色；再往前走去，走尽这林子，当前是平坦的原野，望见村舍，初青的麦田，更远三两个馒形的小山掩住了一条通道。天边是雾茫茫的，尖尖的黑影是近村的教寺。听，那晓钟和缓的清音。这一带是此帮中部的平原，地形像是海里的轻波，默沉沉的起伏；山岭是望不见的，有的是常青的草原与沃腴的田壤。登那土阜上望去，康桥只是一带茂林，拥戴着几处娉婷的尖阁。妩媚的康河也望不见踪迹，你只能循着那锦带似的林木想像那一流清浅。村舍与树林是这地盘上的棋子，有村舍处有佳音，有佳荫处有村舍。这早起是看炊烟的时辰；

朝雾渐渐的升起，揭开了这灰苍苍的天幕（最好是微汲后的光景），远近的炊烟，成丝的、成缕的、成卷的、轻快的、迟重的、浓灰的、淡青的、惨白的，在静定的朝气里渐渐的上腾，渐渐的不见，仿佛是朝来人们的祈祷，参差的翳入了天听。朝阳是难得见的，这初春的天气。

但它来时是起早人莫大的愉快。顷刻间这周遭弥漫了清晨富丽的温柔。顷刻间你的心怀也分润了白天诞生的光荣。

“春”！这胜利的晴空仿佛在你的耳边私语。“春”！你那快活的灵魂也仿佛在那里回响。伺候着河上的风光，这春来一天有一天的消息。关心石上的苔痕，关心败草里的花鲜，关心这水流的缓急，关心水草的滋长，关心天上的云霞，关心新来的鸟语。怯伶伶的小雪球是探春信的小使。铃兰与香草是欢喜的初声。窈窕的莲馨，玲珑的石水仙，爱热闹的克罗克斯，耐辛苦的蒲公英与雏菊——这时候春光已是烂漫在人间，更不须殷勤问讯。瑰丽的春放。这是你野游的时期。可爱的路政，这里不比中国，那一处不是坦荡荡的大道？徒步是一个愉快，但骑自转车是一个更大的愉快，在康桥骑车是普遍的技术；妇人、稚子、老翁，一致享受这双轮舞的快乐。（在康桥听说自转车是不怕人偷的，就为人人都自己有车，没人要偷。）任你选一个方向，任你上一条通道，顺着这带草味的和风，放轮远去，保管你这半天的逍遥是你性灵的补剂。这道上有的是清荫与美草，随地都可以供你休憩。你如爱花，这里的是锦绣似的草原。你如爱鸟，这里多的是巧啭的鸣禽。你如爱儿童，这乡间到处是可亲的稚子。你如爱人情，这里多的是不嫌远客的乡人，你到期处可以“挂单”借宿，有酪浆与嫩薯供你饱餐，有夺目的果鲜恣你尝新。你如爱酒，这乡间每“望”都为你储有上好的新酿，黑啤如太浓，苹果酒、薑酒都是供你解渴润肺的。……带一卷书，走十里路，选一块清静地，看天，听鸟，读书，倦了时，和身在草绵绵处寻梦去——你能想象更适情更适性的消遣吗？陆放翁有一联诗句：“传呼快马迎新月，却上轻舆趁晚凉”；这是做地方官的风流。我在康桥时虽没马骑，没轿子坐，却也有我的风流：我常常在夕阳西晒时骑了车迎着天边扁大的日头直追。日头是追不到的，我没有夸父的荒诞，但晚景的温存却被我这样偷尝了不少。有三两幅画图似的经验至今还是栩栩的留着。只说看夕阳，我们平常只知道登山或是临海，但实际只须耳阔的天际，平地上的晚霞有时也是一样的神奇。有一次我赶到一个地方，手把着一家村庄的篱笆，隔着一大田的麦浪，看西天的变幻。有一次是正冲着一条宽广的大道，过来一大群羊，放草归来的，偌大的太阳在它们后背放射着万缕的金辉，天上却是乌青青的，剩这不可逼视的威光中的一条大路、一群生物，我心头顿时感着神异性的压迫，我真的跪下了，对着这冉冉渐翳的金光。再有一次是更不可忘的奇景，那是临着一大片望不到头的草原，满开着艳红的罂粟，在青草里亭亭像是万盏的金光，阳光从褐色云斜着过来，幻成一种异样紫色，透明似的不可逼视，刹那间在我迷眩了的视觉中，这草田变成了……不说也罢，说来你们也是不信的！

一别二年多了，康桥，谁知我这思乡的隐忧？也想不别的，我只要那晚钟撼动的黄昏，没遮拦的田野，独自斜倚在软草里，看第一个大星在天边出现！

桃源与沅州

沈从文

沈从文（1902—1988），原名沈岳焕，笔名休芸芸、甲辰、上官碧、璇若等，乳名茂林，字崇文。湖南凤凰县人，祖母刘氏是苗族，其母黄素英是土家族，祖父沈宏富是汉族。沈从文是现代著名作家、历史文物研究家、京派小说代表人物。14岁时，他投身行伍，浪迹湘川黔边境地区。1924年开始文学创作，抗战爆发后到西南联大任教，1931年—1933年在山东大学任教。1946年回到北京大学任教，建国后在中国历史博物馆和中国社会科学院历史研究所工作，主要从事中国古代历史的研究。1988年病逝于北京。

全中国的读书人，大概从唐朝以来，命运中注定了应读一篇《桃花源记》，因此把桃源当成一个洞天福地。人人皆知道那地方是武陵渔人发现的，有桃花夹岸，芳草鲜美。远客来到，乡下人就杀鸡温酒，表示欢迎。乡下人都是避秦隐居的遗民，不知有汉朝，更无论魏晋了。千余年来读书人对于桃源的印象，既不怎么改变，所以每当国体衰弱发生变乱时，想做遗民的必多，这文章也就增加了许多人的幻想，增加了许多人的酒量。至于住在那儿的人呢，却无人自以为是遗民或神仙，也从不曾有人遇着遗民或神仙。

桃源洞离桃源县二十五里。从桃源县坐小船沿沅水上行，船到白马渡时，上南岸走去，忘路之远近乱走一阵，桃花源就在眼前了。那地方桃花虽不如何动人，竹林却很有意思。如椽如柱的大竹子，随处皆可发现前人用小刀刻划留下的诗歌。新派学生不甘自弃，也多刻下英文字母的题名。竹林里间或潜伏一二翦径壮士，待机会霍地从路旁跃出，仿照《水浒传》上英雄好汉行为，向游客发个利市，使人措手不及，不免吃点小惊。桃源县城则与长江中部各小县城差不多，一入城门最触目的是推行印花税与某种公债的布告。城中有棺材铺，官药铺，有茶馆酒馆，有米行脚行，有和尚道士，有经纪媒婆，庙宇祠堂多数为军队驻防，门外必有个武装同志站岗．土栈烟馆既照章纳税，就受当地军警保护。代表本地的出产，边街上有几十家玉器作，用珉石染红着绿，琢成酒杯笔架等物，货物品质平平常常，价钱却不轻贱。另外还有个名为“后江”的地方，住下无数公私不分的妓女，很认真经营他们的职业。有些人家在一个菜园平房里，有些却又住在空船上，地方虽脏一点倒富有诗意。这些妇女使用她们的下体，安慰军政各界，且征服了往还沅水流域的烟贩，木商，船主以及种种因公出差过路人。挖空了每个顾客的钱包，维持许多人生活，促进地方的繁荣。一县之长照例是个读书人，从史籍上早知道这是人类一种最古的职业，没有郡县以前就有了它，取缔既与“风俗”不合，且影响到若干人生活，因此就很正当的定下一些规章制度，向这些人来抽收一种捐税（并采取了个美丽名词叫作“花捐”），把这笔款项用来补充地方行政，保安，或城乡教育经费。

桃源既是个有名地方，每年自然有许多“风雅”人，心慕古桃源之名，二三月里携了《陶靖节集》与《诗韵集成》等参考资料和文房四宝，来到桃源县访幽探胜。这些人往桃源洞赋诗前后，必尚有机会过后江走走，由朋友或专家引导，这家那家坐坐，烧盒烟，喝杯茶。看中意某一个女人时，问问行市，花个三元五元，便在那龌龊不堪万人用过的花板床上，压着那可怜妇人胸膛放荡一夜。于是纪游诗上多了几首无题艳遇诗，把“巫峡神女”、“汉皋解佩”、“刘阮天台”等等典故，一律被引用到诗上去。看过了桃源洞，这人平常若是很谨慎的，自会觉得应当即早过医生处走走，于是匆匆的回家了。至于接待过这种外路“风雅”人的神女呢，前一夜也许陆续接待过了三个麻阳船水手，后一夜又得陪伴两个贵州省牛皮商人。这些妇人照例说不定还被一个散兵游勇，一个县公署执达吏，一个公安局书记。或一个当地小流氓长时期包定占有，客来时那人往烟馆过夜，客去后再回到妇人身边来烧烟。

妓女的数目占城中人口比例数不小。因此仿佛有各种原因，她们的年龄都比其他大都市更无限制。有些人年在五十以上，还不甘自弃，同十六七岁孙女辈前来参加这种生活斗争，每日轮流接待水手同军营中火案。也有年纪不过十四五岁，乳臭尚未脱尽，便在那儿服侍客人过夜的。

她们的技艺是烧烧鸦片烟，唱点流行小曲，若来客是粮子上跑四方人物，还得唱唱军歌党歌，和时下电影明星的新歌，应酬应酬，增加兴趣。她们的收入有些一次可得洋钱二十三十，有些一整夜又只得一块八毛。这些人有病本不算一回事。实在病重了，不能作生意挣饭吃，间或就上街到西药房去打针，六零六，三零三扎那么几下，或请走方郎中配副药，朱砂茯苓乱吃一阵，只要支持得下去，总不会坐下来吃白饭。直到病倒了，毫无希望可言了，就叫毛伙用门板抬到那类住在空船中孤身过日子的老妇人身边去，尽她咽最后那一口气。死去时亲人呼天抢地哭一阵，罄所有请和尚安魂念经，再托人赊购副四合头棺木，或借“大加一”买副薄薄板片，土里一埋也就完事了。

桃源地方已有公路，直达号称湘西咽喉的武陵（常德），每日都有八辆十辆新式载客汽车，按照一定时刻在公路上奔驰。距常德约九十里，车票价钱一元零。这公路从常德且直达湖南省会长沙，汽车路程约四小时，车票价约六元。公路通车时，有人说这条公路在湘省经济上具有极大意义，意思是对于黔省出口“特货”运输可方便不少。这人似乎不知道特货过境每次必三百担五百担，公路上一天不过十几辆汽车来回，若非特货再加以精制，每天能运输多少？关于特货的精制，在各省严厉禁烟宣传中，平民谁还有胆量来作这种非法勾当。假若在桃源县某种铺子里，居然有人能够设法购买一点黄色粉末药物，作为谈天口气，随便问问，就会明白那货物的来源是有来头的。信不信由你，大股东中大头脑有什么“龄”字辈“子”字辈，还有沿江之督办，上海之闻人。且明白出产并不是桃源县城。沿江上行六十里，有二十部机器日夜加工，运输出口时或用轮船直往汉口，却不需借公路汽车转运长沙。

真可称为桃源名产值得引人注意的，是家鸡同鸡卵。街头巷尾无处不可以发现这种冠赤如火庞大庄严的生物，经常有重达一二十斤的。凡过路人初见这地方鸡卵，必以为鸭卵或鹅卵。其次，桃源有一种小划子，轻捷，稳当，干净，在沅水中可称首屈一指。一个外省旅行者，若想从湘西的永绥、乾城、凤凰研究湘边苗族的分布状况，或想从湘西往四川的酉阳、秀山调查桐油的生产，往贵州的铜仁调查朱砂水银的生产，往玉屏调查竹料种类，注意造箫制纸的手工业生产情况，皆可在桃源县魁星阁下边，雇妥那么一只小船，沿沅水溯流而上，直达目的地，到地时取行李上岸落店，毫无何等困难。

一只桃源小划子上只能装载一二客人。照例要个舵手，管理后梢，调动船只左右。张挂风帆，松紧帆索，捕捉河面山谷中的微风。放缆拉船，量渡河面宽窄与河流水势，伸缩竹缆。另外还要拦头工人，上滩下滩时看水认容口，出事前提醒舵手躲避石头、恶浪与洄流，出事后点篙子需要准确稳重。这种人还要有胆量，有气力，有经验。张帆落帆都得很敏捷的即时拉桅下绳索。走风船行如箭时，便蹲坐在船头上叫喝呼啸，嘲笑同行落后的船只。自己船只落后被人嘲骂时，还要回骂，人家唱歌也得用歌声作答。两船相碰说理时，不让别人占便宜。动手打架时，先把篙子抽出拿在手上。船只逼入急流乱石中，不问冬夏，都得敏捷而勇敢的脱光衣裤，向急流中跑去，在水里尽肩背之力使船只离开险境。掌舵的因事故不尽职，就从船顶爬过船尾去，作个临时舵手。船上若有小水手，还应事事照料小水手，指点小水手。更有一份不可推却的职务，便是在一切过失上，应与掌舵的各据小船一头，相互辱宗骂祖，继续使船前进，小船除此两人以外，尚需要个小水手居于杂务地位，淘米、烧饭、切菜、洗碗，无事不作。行船时应荡桨就帮同荡桨，应点篙就帮同持篙。这种小水手大都在学习期间，应处处留心，取得经验同本领。除了学习看水，看风，记石头，使用篙桨以外，也学习挨打挨骂。尽各种古怪希奇字眼儿成天在耳边反复响着，好好的保留在记忆里，将来长大时再用它来辱骂旁人。上行无风吹，一个人还负了纤板，曳着一段竹缆，在荒凉河岸小路上拉船前进。小船停泊码头边时，又得规规矩矩守船。关于他们经济情势，舵手多为船家长年雇工，平均算来合八分到一角钱一天。拦头工有长年雇定的，人若年富力强多经验，待遇同掌舵的差不多。若只是短期包来回，上行平均每天可得一毛或毛五分钱，下行则尽义务吃白饭而已。至于小水手，学习期限看年龄同本事来，有些人每天可得两分钱作零用，有些人在船上三年五载吃白饭。上滩时一个不小心，闪不知被自己手中竹篙弹入乱石激流中，泅水技术又不在行，在水中淹死了，船主方面写得有字据，生死家长不能过问。掌舵的把死者剩余的一点衣服交给亲长说明白落水情形后，烧几百钱纸，手续便清楚了。

一只桃源划子，有了这样三个水手，再加上一个需要赶路，有耐心，不嫌孤独，能花个二十三十的乘客，这船便在一条清明透彻的沅水上下游移动起来了。在这条河里在这种小船上作乘客，最先见于记载的一人，应当是那疯疯癫癫的楚逐臣屈原。在他自己的文章里，他就说道："朝发汪渚兮，

夕宿辰阳。”若果他那文章还值得称引，我们尚可以就“沅有芷兮澧有兰”与“乘舲上沅”这些话，估想他当年或许就坐了这种小船，溯流而上，到过出产香草香花的沅州。沅州上游不远有个白燕溪，小溪谷里生长芷草，到如今还随处可见。这种兰科植物生根在悬崖罅隙间，或蔓延到松树枝椏上，长叶飘拂，花朵下垂成一长串，风致楚楚。花叶形体较建兰柔和，香味较建兰淡远。游白燕溪的可坐小船去，船上人若伸手可及，多随意伸手摘花，顷刻就成一束。若崖石过高，还可以用竹篙将花打下，尽它堕入清溪洄流里，再从溪里把花捞起。除了兰芷以外，还有不少香草香花，在溪边崖下繁殖。那种黛色无际的崖石，那种一丛丛幽香炫目的奇葩，那种小小洄旋的溪流，合成一个如何不可言说迷人心目的圣境！若没有这种地方，屈原便再疯一点，据我想来，他文章未必就能写得那么美丽。

什么人看了我这个记载，若神往于香草香花的沅州，居然从桃源包了小船过沅州去，希望实地研究解决《楚辞》上几个草木问题。到了沅州南门城边，也许无意中会一眼瞥见城门上有一片触目黑色，因好奇想明白它，一时可无从向谁去询问。他所见到的只是一片新的血迹，并非什么古迹。大约在清党前后，有个晃州姓唐的青年，北京农科大学毕业生，在沅州晃州两县，用党务特派员资格，率领了两万以上四乡农民和一群青年学生，肩持各种农具，上城请愿。守城兵先已得到长官命令，不许请愿群众进城。于是双方自然发生了冲突。一面是旗帜，木棒，呼喊与愤怒，一面是居高临下，一尊机关枪同十支步枪。街道既那么窄，结果站在最前线上的特派员同四十多个青年学生与农民，便全在城门边牺牲了。其余农民一看情形不对，抛下农具四散跑了。那个特派员的尸体，于是被兵士用刺刀钉在城门木板上示众三天。三天过后，便连同其他牺牲者，一齐抛入屈原所称赞的清流里喂鱼吃了。几年来本地人在内战反复中被派捐拉夫，在应付差役中把日子混过去，大致把这件事也慢慢的忘掉了。

桃源小船载到沅州府，舵手把客人行李扛上岸，讨得酒钱回船时，这些水手必乘兴过南门外皮匠街走走。那地方同桃源的后江差不多，住下不少经营最古职业的人物，地方既非商埠，价钱可公道一些。花五角钱关一次门，上船时还可以得一包黄油油的上净烟丝，那是十年前的规矩。照目前百物昂贵情形想来，一切当然已不同了，出钱的花费也许得多一点，收钱的待客也许早已改用“美丽牌”代替“上净丝”了。或有人在皮匠街蓦然间遇见水手，对水手发问：“弄船的，‘肥水不落外人田’，家里有的你让别人用，用别人的你还得花钱，这上算吗？”

那水手一定会拍着腰间麂皮抱兜，笑眯眯的回答说：“大爷，‘羊毛出在羊身上’，这钱不是我桃源人的钱，上算的。”

他回答的只是后半截，前半截却不必提。本人正在沅州，离桃源远过六七百里，桃源那一个他管不着。

便因为这点哲学，水手们的生活，比起“风雅人”来似乎洒脱多了。若说话不犯忌讳，无人疑心我“袒护无产阶级”，我还想说，他们的行为，比起那些读了些“子曰”，带了《五百家香艳诗》去桃源寻幽访胜，过后江讨经验的‘风雅人”来，也实在还道德的多。

一九三五年三月作于北京。

桨声灯影里的秦淮河

俞平伯

俞平伯(1900 — 1990)，原名俞铭衡，字平伯。现代诗人、作家、红学家。清代朴学大师俞樾曾孙。与胡适并称“新红学派”的创始人。他出身名门，早年以新诗人、散文家享誉文坛。他积极参加五四新文化运动，精研中国古典文学，执教于著名学府，是一位热忱的爱国者和具有高尚情操的知识分子。

我们消受得秦淮河上的灯影，当圆月犹皎的仲夏之夜。

在茶店里吃了一盘豆腐干丝，两个烧饼之后，以歪歪的脚步踅上夫子庙前停泊着的画舫，就懒洋洋躺到藤椅上去了。好郁蒸的江南，傍晚也还是热的。“快开船罢！”桨声响了。

小的灯舫初次在河中荡漾；于我，情景是颇朦胧，滋味是怪羞涩的。我要错认它作七里的山塘；可是，河房里明窗洞启，映着玲珑入画的曲栏杆，顿然省得身在何处了。佩弦呢，他已是重来，很应当消释一些迷惘的。但看他太频繁地摇着我的黑纸扇。胖子是这个样怯热的吗？

又早是夕阳西下，河上妆成一抹胭脂的薄媚。是被青溪的姊妹们所薰染的吗？还是匀得她们脸上的残脂呢？寂寂的河水，随双桨打它，终是没言语。密匝匝的绮恨逐老去的年华，已都如蜜饧似的融在流波的心窝里，连呜咽也将嫌它多事，更哪里论到哀嘶。心头，婉转的凄怀；口内，徘徊的低唱；留在夜夜的秦淮河上。

在利涉桥边买了一匣烟，荡过东关头，渐荡出大中桥了。船儿悄悄地穿出连环着的三个壮阔的涵洞，青溪夏夜的韶华已如巨幅的画豁然而抖落。哦！凄厉而繁的弦索，颤岔而涩的歌喉，杂着吓哈的笑语声，劈拍的竹牌响，更能把诸楼船上的华灯彩绘，显出火样的鲜明，火样的温煦了。小船儿载着我们，在大船缝里挤着，挨着，抹着走。它忘了自己也是今宵河上的一星灯火。

既踏进所谓“六朝金粉气”的销金锅，谁不笑笑呢！今天的一晚，且默了滔滔的言说，且舒了恻恻的情怀，暂且学着，姑且学着我们平时认为在醉里梦里的他们的憨痴笑语。看！初上的灯儿们一点点掠剪柔腻的波心，梭织地往来，把河水都皴得微明了。纸薄的心旌，我的，尽无休息地跟着它们飘荡，以至于怦怦而内热。这还好说什么的！如此说，诱惑是诚然有的，且于我已留下不易磨灭的印记。至于对榻的那一位先生，自认曾经一度摆脱了纠缠的他，其辩解又在何处？这实在非我所知。

我们，醉不以涩味的酒，以微漾着，轻晕着的夜的风华。不是什么欣悦，不是什么慰藉，只感到一种怪陌生，怪异样的朦胧。朦胧之中似乎胎孕着一个如花的笑——这么淡，那么淡的倩笑。淡到已不可说，已不可拟，且已不可想；但我们终究是眩晕在它离合的神光之下的。我们没法使人信它是有，我们不信它是没有。勉强哲学地说，这或近于佛家的所谓“空”，既不当鲁莽说它是“无”，也不能径直说它是“有”。或者说“有”是有的，只因无可比拟形容那“有”的光景；故从表面看，与“没有”似不生分别。若定要我再说得具体些：譬如东风初劲时，直上高翔的纸鸢，牵线的那人儿自然远得很了，知她是哪一家呢？但凭那鸢尾一缕飘绵的彩线，便容易揣知下面的人寰中，必有微红的一双素手，卷起轻绡的广袖，牢担荷小纸鸢儿的命根的。飘翔岂不是东风的力，又岂不是纸鸢的含德；但其根株却将另有所寄。请问，这和纸鸢的省悟与否有何关系？故我们不能认笑是非有，也不能认朦胧即是笑。我们定应当如此说，朦胧里胎孕着一个如花的幻笑，和朦胧又互相混融着的；因它本来是淡极了，淡极了这么一个。

漫题那些纷烦的话，船儿已将泊在灯火的丛中去了。对岸有盏跳动的汽油灯，佩弦便硬说它远不如微黄的灯火。我简直没法和他分证那是非。

时有小小的艇子急忙忙打桨，向灯影的密流里横冲直撞。冷静孤独的油灯映见黯淡久的画船头上，秦淮河姑娘们的靓妆。茉莉的香，白兰花的香，脂粉的香，纱衣裳的香……微波泛滥出甜的暗香，随着她们那些船儿荡，随着我们这船儿荡，随着大大小小一切的船儿荡。有的互相笑语，有的默然不响，有的衬着胡琴亮着嗓子唱。一个，三两个，五六七个，比肩坐在船头的两旁，也无非多添些淡薄的影儿葬在我们的心上——太过火了，不至于罢，早消失在我们的眼皮上。谁都是这样急忙忙的打着桨，谁都是这样向灯影的密流里冲着撞；又何况久沉沦的她们，又何况漂泊惯的我们俩。当时浅浅的醉，今朝空空的惆怅；老实说，咱们萍泛的绮思不过如此而已，至多也不过如此而已。你且别讲，你且别想！这无非是梦中的电光，这无非是无明的幻相，这无非是以零星的火种微炎在大欲的根苗上。扮戏的咱们，散了场一个样，然而，上场锣，下场锣，天天忙，人人忙。看！吓！载送女郎的艇子才过去，货郎担的小船不是又来了？一盏小煤油灯，一舱的什物，他也忙得来像手里的摇铃，这样丁冬而郎当。

杨枝绿影下有条华灯璀璨的彩舫在那边停泊。我们那船不禁也依傍短柳的腰肢，欹侧地歇了。游客们的大船，歌女们的艇子，靠着。唱的拉着嗓子；听的歪着头，斜着眼，有的甚至于跳过她们的船头。如那时有严重些的声音，必然说："这哪里是什么旖旎风光！"咱们真是不知道，只模糊地觉着在秦淮河船上板起方正的脸是怪不好意思的。咱们本是在旅馆里，为什么不早早入睡，掂着牙儿，领略那"卧后清宵细细长"；而偏这样急急忙忙跑到河上来无聊浪荡？还说那时的话，从杨柳枝的乱鬓里所得的境界，照规矩，外带三分风华的。况且今宵此地，动荡着有灯火的明姿。况且今宵此地，又是圆月欲缺未缺，欲上未上的黄昏时候。叮当的小锣，伊轧的胡琴，沉填的大鼓……弦吹声腾沸遍了三里的秦淮河。喳喳嚷嚷的一片，分不出谁是谁，分不出那儿是那儿，只有整个的繁喧来把我们包填。仿佛都抢着说笑，这儿夜夜尽是如此的，不过初上城的乡下老是第一次呢。真是乡下人，真是第一次。

穿花蝴蝶样的小艇子多到不和我们相干。货郎担式的船，曾以一瓶汽水之故而拢近来，这是真的。至于她们呢，即使偶然灯影相偎而切掠过去，也无非瞧见我们微红的脸罢了，不见得有什么别的。可是，夸口早哩！——来了，竟向我们来了！不但是近，且拢着了。船头傍着，船尾也傍着；这不但是拢着，且并着了。厮并着倒还不很要紧，且有人扑冬地跨上我们的船头了。这岂不大吃一惊！幸而来的不是姑娘们，还好。（她们正冷冰冰地在那船头上。）来人年纪并不大，神气倒怪狡猾，把一扣破烂的手折，摊在我们眼前，让细瞧那些戏目，好好儿点个唱。他说："先生，这是小意思。"诸君，读者，怎么办？

好，自命为超然派的来看榜样！两船挨着，灯光愈皎，见佩弦的脸又红起来了。那时的我是否也这样？这当转问他。（我希望我的镜子不要过于给我下不去。）老是红着脸终久不能打发人家走路的，所以想个法子在当时是很必要。说来也好笑，我的老调是一味的默，或干脆说个"不"，或者摇摇头，摆摆手表示"决不"。如今都已使尽了。佩弦便进了一步，他嫌我的方术太冷漠了，又未必中用，摆脱纠缠的正当道路惟有辩解。好吗！听他说："你不知道？这事我们是不能做的。"这是诸辩解中最简洁，最漂亮的一个。可惜他所说的"不知道？"来人倒真有些"不知道！"辜负了这二十分聪明的反语。他想得有理由，你们为什么不能做这事呢？因这"为什么？"佩弦又有进一层的曲解。那知道更坏事，竟只博得那些船上人的一哂而去。他们平常虽不以聪明名家，但今晚却又怪聪明，如洞彻我们的肺肝一样的。这故事即我情愿讲给诸君听，怕有人未必愿意哩。“算了罢，就是这样算了罢；”恕我不再写下了，以外的让他自己说。

叙述只是如此，其实那时连翩而来的，我记得至少也有三五次。我们把它们一个一个的打发走路。但走的是走了，来的还正来。我们可以使它们走，我们不能禁止它们来。我们虽不轻被摇撼，但已有一点杌陧了。况且小艇上总载去一半的失望和一半的轻蔑，在桨声里仿佛狠狠地说，“都是呆子，都是吝啬鬼！”还有我们的船家（姑娘们卖个唱，他可以赚几个子的佣金。)眼看她们一个一个的去远了，呆呆的蹲踞着，怪无聊赖似的。碰着了这种外缘，无怒亦无哀，惟有一种情意的紧张，使我们从颓弛中体会出挣扎来。这味道倒许很真切的，只恐怕不易为倦鸦似的人们所喜。

曾游过秦淮河的到底乖些。佩弦告船家：“我们多给你酒钱，把船摇开，别让他们来噜苏。”自此以后，桨声复响，还我以平静了，我们俩又渐渐无拘无束舒服起来，又滔滔不断地来谈谈方才的经过。今儿是算怎么一回事？我们齐声说，欲的胎动无可疑的。正如水见波痕轻婉已极，与未波时究不相类。微醉的我们，洪醉的他们，深浅虽不同，却同为一醉。接着来了第二问，既自认有欲的微炎，为什么艇子来时又羞涩地躲了呢？在这儿，答语参差着。佩弦说他的是一种暗昧的道德意味，我说是一种似较深沉的眷爱。我只背诵岂君的几句诗给佩弦听，望他曲喻我的心胸。可恨他今天似乎有些发钝，反而追着问我。

前面已是复成桥。青溪之东，暗碧的树梢上面微耀着一桁的清光。我们的船就缚在枯柳桩边待月。其时河心里晃荡着的，河岸头歇泊着的各式灯船，望去，少说点也有十廿来只。惟不觉繁喧，只添我们以幽甜。虽同是灯船，虽同是秦淮，虽同是我们；却是灯影淡了，河水静了，我们倦了，——况且月儿将上了。灯影里的昏黄，和月下灯影里的昏黄原是不相似的，又何况入倦的眼中所见的昏黄呢。灯光所以映她的秾姿，月华所以洗她的秀骨，以蓬腾的心焰跳舞她的盛年，以饧涩的眼波供养她的迟暮。必如此，才会有圆足的醉，圆足的恋，圆足的颓弛，成熟了我们的心田。

犹未下弦，一丸鹅蛋似的月，被纤柔的云丝们簇拥上了一碧的遥天。冉冉地行来，冷冷地照着秦淮。我们已打桨而徐归了。归途的感念，这一个黄昏里，心和境的交萦互染，其繁密殊超我们的言说。主心主物的哲思，依我外行人看，实在把事情说得太嫌简单，太嫌容易，太嫌分明了。实有的只是浑然之感。就论这一次秦淮夜泛罢，从来处来，从去处去，分析其间的成因自然亦是可能；不过求得圆满足尽的解析，使片段的因子们合拢来代替刹那间所体验的实有，这个我觉得有点不可能，至少于现在的我们是如此的。凡上所叙，请读者们只看作我归来后，回忆中所偶然留下的千百分之一二，微薄的残影。若所谓“当时之感”，我决不敢望诸君能在此中窥得。即我自己虽正在这儿执笔构思，实在也无从重新体验出那时的情景。说老实话，我所有的只是忆。我告诸君的只是忆中的秦淮夜泛。至于说到那“当时之感”，这应当去请教当时的我。而他久飞升了，无所存在。

……

凉月凉风之下，我们背着秦淮河走去，悄默是当然的事了。如回头，河中的繁灯想定是依然。我们却早已走得远，“灯火未阑人散”；佩弦，诸君，我记得这就是在南京四日的酣嬉，将分手时的前夜。

一九二三，八，二二，北京

桨声灯影里的秦淮河

朱自清

朱自清（1898—1948），原名自华、号秋实，改名自清，字佩弦；原籍浙江绍兴，生于江苏东海；现代著名散文家、诗人、学者、民主战士。其散文朴素缜密、清隽沉郁、语言洗炼、文笔清丽、极富有真情实感。朱自清以独特的美文艺术风格，为中国现代散文增添了瑰丽的色彩，为建立中国现代散文全新的审美特征创造了具有中国民族特色的散文体制和风格；主要作品有《雪朝》《踪迹》《背影》《春》《欧游杂记》《你我》《精读指导举隅》《略读指导举隅》《国文教学》《诗言志辨》《新诗杂话》《标准与尺度》《论雅俗共赏》。

一九二三年八月的一晚，我和平伯同游秦淮河；平伯是初泛，我是重来了。我们雇了一只“七板子”，在夕阳已去，皎月方来的时候，便下了船。于是桨声汩——汩，我们开始领略那晃荡着蔷薇色的历史的秦淮河的滋味了。

秦淮河里的船，比北京万甡园，颐和园的船好，比西湖的船好，比扬州瘦西湖的船也好。这几处的船不是觉着笨，就是觉着简陋、局促；都不能引起乘客们的情韵，如秦淮河的船一样。秦淮河的船约略可分为两种：一是大船；二是小船，就是所谓“七板子”。大船舱口阔大，可容二三十人。里面陈设着字画和光洁的红木家具，桌上一律嵌着冰凉的大理石面。窗格雕镂颇细，使人起柔腻之感。窗格里映着红色蓝色的玻璃；玻璃上有精致的花纹，也颇悦人目。“七板子”规模虽不及大船，但那淡蓝色的栏杆，空敞的舱，也足系人情思。而最出色处却在它的舱前。舱前是甲板上的一部。上面有弧形的顶，两边用疏疏的栏干支着。里面通常放着两张藤的躺椅。躺下，可以谈天，可以望远，可以顾盼两岸的河房。大船上也有这个，便在小船上更觉清隽罢了。舱前的顶下，一律悬着灯彩；灯的多少，明暗，彩苏的精粗，艳晦，是不一的。但好歹总还你一个灯彩。这灯彩实在是最能钩人的东西。夜幕垂垂地下来时，大小船上都点起灯火。从两重玻璃里映出那辐射着的黄黄的散光，反晕出一片朦胧的烟霭；透过这烟霭，在暗暗的水波里，又逗起缕缕的明漪。在这薄霭和微漪里，听着那悠然的间歇的桨声，谁能不被引入他的美梦去呢？只愁梦太多了，这些大小船儿如何载得起呀？我们这时模模糊糊的谈着明末的秦淮河的艳迹，如《桃花扇》及《板桥杂记》里所载的。我们真神往了。我们仿佛亲见那时华灯映水，画舫凌波的光景了。于是我们的船便成了历史的重载了。我

们终于恍然秦淮河的船所以雅丽过于他处，而又有奇异的吸引力的，实在是许多历史的影像使然了。

秦淮河的水是碧阴阴的；看起来厚而不腻，或者是六朝金粉所凝么？我们初上船的时候，天色还未断黑，那漾漾的柔波是这样的恬静，委婉，使我们一面有水阔天空之想，一面又憧憬着纸醉金迷之境了。等到灯火明时，阴阴的变为沉沉了：黯淡的水光，像梦一般；那偶然闪烁着的光芒，就是梦的眼睛了。我们坐在舱前，因了那隆起的顶棚，仿佛总是昂着首向前走着似的；于是飘飘然如御风而行的我们，看着那些自在的湾泊着的船，船里走马灯般的人物，便像是下界一般，迢迢的远了，又像在雾里看花，尽朦朦胧胧的。这时我们已过了利涉桥，望见东关头了。沿路听见断续的歌声：有从沿河的妓楼飘来的，有从河上船里渡来的。我们明知那些歌声，只是些因袭的言词，从生涩的歌喉里机械的发出来的；但它们经了夏夜的微风的吹漾和水波的摇拂，袅娜着到我们耳边的时候，已经不单是她们的歌声，而混着微风和河水的密语了。于是我们不得不被牵惹着，震撼着，相与浮沉于这歌声里了。从东关头转弯，不久就到大中桥。大中桥共有三个桥拱，都很阔大，俨然是三座门儿；使我们觉得我们的船和船里的我们，在桥下过去时，真是太无颜色了。桥砖是深褐色，表明它的历史的长久；但都完好无缺，令人太息于古昔工程的坚美。桥上两旁都是木壁的房子，中间应该有街路？这些房子都破旧了，多年烟熏的迹，遮没了当年的美丽。我想象秦淮河的极盛时，在这样宏阔的桥上，特地盖了房子，必然是髹漆得富富丽丽的；晚间必然是灯火通明的。

现在却只剩下一片黑沉沉！但是桥上造着房子，毕竟使我们多少可以想见往日的繁华；这也慰情聊胜无了。过了大中桥，便到了灯月交辉，笙歌彻夜的秦淮河；这才是秦淮河的真面目哩。

大中桥外，顿然空阔，和桥内两岸排着密密的人家的大异了。一眼望去，疏疏的林，淡淡的月，衬着蓝蔚的天，颇像荒江野渡光景；那边呢，郁丛丛的，阴森森的，又似乎藏着无边的黑暗：令人几乎不信那是繁华的秦淮河了。但是河中眩晕着的灯光，纵横着的画舫，悠扬着的笛韵，夹着那吱吱的胡琴声，终于使我们认识绿如茵陈酒的秦淮水了。此地天裸露着的多些，故觉夜来的独迟些；从清清的水影里，我们感到的只是薄薄的夜——这正是秦淮河的夜。大中桥外，本来还有一座复成桥，是船夫口中的我们的游踪尽处，或也是秦淮河繁华的尽处了。我的脚曾踏过复成桥的脊，在十三四岁的时候。但是两次游秦淮河，却都不曾见着复成桥的面；明知总在前途的，却常觉得有些虚无缥缈似的。我想，不见倒也好。这时正是盛夏。我们下船后，借着新生的晚凉和河上的微风，暑气已渐渐销散；到了此地，豁然开朗，身子顿然轻了——习习的清风荏苒在面上，手上，衣上，这便又感到了一缕新凉了。南京的日光，大概没有杭州猛烈；西湖的夏夜老是热蓬蓬的，水像沸着一般，秦淮河的水却尽是这样冷冷地绿着。任你人影的憧憧，歌声的扰扰，总像隔着一层薄薄的绿纱面幂似的；它尽是这样静静的，冷冷的绿着。我们出了大中桥，走不上半里路，船夫便将船划到一旁，停了桨由它宕着。

他以为那里正是繁华的极点，再过去就是荒凉了；所以让我们多多赏鉴一会儿。他自己却静静的蹲着。他是看惯这光景的了，大约只是一个无可无不可。这无可无不可，无论是升的沉的，总之，都比我们高了。

那时河里闹热极了；船大半泊着，小半在水上穿梭似的来往。停泊着的都在近市的那一边，我们的船自然也夹在其中。因为这边略略的挤，便觉得那边十分的疏了。在每一只船从那边过去时，我们能画出它的轻轻的影和曲曲的波，在我们的心上；这显着是空，且显着是静了。那时处处都是歌声和凄厉的胡琴声，圆润的喉咙，确乎是很少的。但那生涩的，尖脆的调子能使人有少年的，粗率不拘的感觉，也正可快我们的意。况且多少隔开些儿听着，因为想象与渴慕的做美，总觉更有滋味；而竞发的喧嚣，抑扬的不齐，远近的杂沓，和乐器的嘈嘈切切，合成另一意味的谐音，也使我们无所适从，如随着大风而走。这实在因为我们的心枯涩久了，变为脆弱；故偶然润泽一下，便疯狂似的不能自主了。但秦淮河确也腻人。即如船里的人面，无论是和我们一堆儿泊着的，无论是从我们眼前过去的，总是模模糊糊的，甚至渺渺茫茫的；任你张圆了眼睛，揩净了眦垢，也是枉然。这真够人想呢。在我们停泊的地方，灯光原是纷然的；不过这些灯光都是黄而有晕的。黄已经不能明了，再加上了晕，便更不成了。灯愈多，晕就愈甚；在繁星般的黄的交错里，秦淮河仿佛笼上了一团光雾。光芒与雾气腾腾的晕着，什么都只剩了轮廓了；所以人面的详细的曲线，便消失于我们的眼底了。但灯光究竟夺不了那边的月色；灯光是浑的，月色是清的，在浑沌的灯光里，渗入了一派清辉，却真是奇迹！那晚月儿已瘦削了两三分。她晚妆才罢，盈盈的上了柳梢头。天是蓝得可爱，仿佛一汪水似的；月儿便更出落得精神了。岸上原有三株两株的垂杨树，淡淡的影在水里摇曳着。它们那柔细的枝条浴着月光，就像一支支美人的臂膊，交互的缠着，挽着；又像是月儿披着的发。而月儿偶然也从它们的交叉处偷偷窥看我们，大有小姑娘怕羞的样子。岸上另有几株不知名的老树，光光的立着；在月光里照起来，却又俨然是精神矍铄的老人。远处——快到天际线了，才有一两片白云，亮得现出异彩，像美丽的贝壳一般。白云下便是黑黑的一带轮廓；是一条随意画的不规则的曲线。这一段光景，和河中的风味大异了。但灯与月竟能并存着，交融着，使月成了缠绵的月，灯射着渺渺的灵辉；这正是天之所以厚秦淮河，也正是天之所以厚我们了。

这时却遇着了难解的纠纷。秦淮河上原有一种歌妓，是以歌为业的。从前都在茶舫上，唱些大曲之类。每日午后一时起；什么时候止，却忘记了。晚上照样也有一回。也在黄晕的灯光里。我从前过南京时，曾随着朋友去听过两次。因为茶舫里的人脸太多了，觉得不大适意，终于听不出所以然。前年听说歌妓被取缔了，不知怎的，颇涉想了几次——却想不出什么。这次到南京，先到茶舫上去看看，觉得颇是寂寥，令我无端的怅怅了。不料她们却仍在秦淮河里挣扎着，不料她们竟会纠缠到我们，我于是很张皇了。她们也乘着“七板子”，她们总是坐在舱前的。舱前点着石油汽灯，光亮炫人眼目：坐在下面的，自然是纤毫毕见了——引诱客人们的力量，也便在此了。舱里躲着乐工等人，映着汽灯的余晖蠕动着；他们是永远不被注意的。每船的歌妓大约都是二人；天色一黑。她们的船就在大中桥外往来不息的兜生意。无论行着的船，泊着的船，都要来兜揽的。这都是我后来推想出来的。那晚不知怎样，忽然轮着我们的船了。我们的船好好的停着，一只歌舫划向我们来的；渐渐和我们的船并着了。铄铄的灯光逼得我们皱起了眉头；我们的风尘色全给它托出来了，这使我踧踖不安了。那时一个伙计跨过船来，拿着摊开的歌折，就近塞向我的手里，说，“点几出吧”！他跨过来的时候，我们船上似乎有许多眼光跟着。同时相近的别的船上也似乎有许多眼睛炯炯的向我们船上看着。我真窘了！我也装出大方的样子，向歌妓们瞥了一眼，但究竟是不成的！我勉强将那歌折翻了一翻，却不曾看清了几个字；便赶紧递还那伙计，一面不好意思地说，“不要，我们……不要。”他便塞给平伯。平伯掉转头去，摇手说，“不要！”那人还腻着不走。平伯又回过脸来，摇着头道，“不要！”于是那人重到我处。我窘着再拒绝了他。他这才有所不屑似的走了。我的心立刻放下，如释了重负一般。我们就开始自白了。

我说我受了道德律的压迫，拒绝了她们；心里似乎很抱歉的。这所谓抱歉，一面对于她们，一面对于我自己。她们于我们虽然没有很奢的希望；但总有些希望的。我们拒绝了她们，无论理由如何充足，却使她们的希望受了伤；这总有几分不做美了。这是我觉得很怅怅的。至于我自己，更有一种不足之感。我这时被四面的歌声诱惑了，降服了；但是远远的，远远的歌声总仿佛隔着重衣搔痒似的，越搔越搔不着痒处。我于是憧憬着贴耳的妙音了。在歌舫划来时，我的憧憬，变为盼望；我固执的盼望着，有如饥渴。虽然从浅薄的经验里，也能够推知，那贴耳的歌声，将剥去了一切的美妙；但一个平常的人像我的，谁愿凭了理性之力去丑化未来呢？我宁愿自己骗着了。不过我的社会感性是很敏锐的；我的思力能拆穿道德律的西洋镜，而我的感情却终于被它压服着，我于是有所顾忌了，尤其是在众目昭彰的时候。道德律的力，本来是民众赋予的；在民众的面前，自然更显出它的威严了。我这时一面盼望，一面却感到了两重的禁制：一，在通俗的意义上，接近妓者总算一种不正当的行为；二，妓是一种不健全的职业，我们对于她们，应有哀矜勿喜之心，不应赏玩的去听她们的歌。在众目睽睽之下，这两种思想在我心里最为旺盛。她们暂时压倒了我的听歌的盼望，这便成就了我的灰色的拒绝。那时的心实在异常状态中，觉得颇是昏乱。歌舫去了，暂时宁靖之后，我的思绪又如潮涌了。两个相反的意思在我心头往复：卖歌和卖淫不同，听歌和狎妓不同，又干道德甚事？——但是，但是，她们既被逼的以歌为业，她们的歌必无艺术味的；况她们的身世，我们究竟该同情的。所以拒绝倒也是正办。但这些意思终于不曾撇开我的听歌的盼望。它力量异常坚强；它总想将别的思绪踏在脚下。从这重重的争斗里，我感到了浓厚的不足之感。这不足之感使我的心盘旋不安，起坐都不安宁了。唉！我承认我是一个自私的人！平伯呢，却与我不同。他引周启明先生的诗，“因为我有妻子，所以我爱一切的女人，因为我有子女，所以我爱一切的孩子。”他的意思可以见了。他因为推及的同情，爱着那些歌妓，并且尊重着她们，所以拒绝了她们。在这种情形下，他自然以为听歌是对于她们的一种侮辱。但他也是想听歌的，虽然不和我一样，所以在他的心中，当然也有一番小小的争斗；争斗的结果，是同情胜了。至于道德律，在他是没有什么的；因为他很有蔑视一切的倾向，民众的力量在他是不大觉着的。这时他的心意的活动比较简单，又比较松弱，故事后还怡然自若；我却不能了。这里平伯又比我高了。

在我们谈话中间，又来了两只歌舫。伙计照前一样的请我们点戏，我们照前一样的拒绝了。我受了三次窘，心里的不安更甚了。清艳的夜景也为之减色。船夫大约因为要赶第二趟生意，催着我们回去；我们无可无不可的答应了。我们渐渐和那些晕黄的灯光远了，只有些月色冷清清的随着我们的归舟。我们的船竟没个伴儿，秦淮河的夜正长哩！到大中桥近处，才遇着一只来船。这是一只载妓的板船，黑漆漆的没有一点光。船头上坐着一个妓女；暗里看出，白地小花的衫子，黑的下衣。她手里拉着胡琴，口里唱着青衫的调子。她唱得响亮而圆转；当她的船箭一般驶过去时，余音还袅袅的在我们耳际，使我们倾听而向往。想不到在弩末的游踪里，还能领略到这样的清歌！这时船过大中桥了，森森的水影，如黑暗张着巨口，要将我们的船吞了下去，我们回顾那渺渺的黄光，不胜依恋之情；我们感到了寂寞了！这一段地方夜色甚浓，又有两头的灯火招邀着；桥外的灯火不用说了，过了桥另有东关头疏疏的灯火。我们忽然仰头看见依人的素月，不觉深悔归来之早了！走过东关头，有一两只大船湾泊着，又有几只船向我们来着。嚣嚣的一阵歌声人语，仿佛笑我们无伴的孤舟哩。东关头转弯，河上的夜色更浓了；临水的妓楼上，时时从帘缝里射出一线一线的灯光；仿佛黑暗从酣睡里眨了一眨眼。我们默然的对着，静听那汩——汩的桨声，几乎要入睡了；朦胧里却温寻着适才的繁华的余味。我那不安的心在静里愈显活跃了！这时我们都有了不足之感，而我的更其浓厚。我们却只不愿回去，于是只能由懊悔而怅惘了。船里便满载着怅惘了。直到利涉桥下，微微嘈杂的人声，才使我豁然一惊；那光景却又不同。右岸的河房里，都大开了窗户，里面亮着晃晃的电灯，电灯的光射到水上，蜿蜒曲折，闪闪不息，正如跳舞着的仙女的臂膊。我们的船已在她的臂膊里了；如睡在摇篮里一样，倦了的我们便又入梦了。那电灯下的人物，只觉像蚂蚁一般，更不去萦念。这是最后的梦；可惜是最短的梦！黑暗重复落在我们面前，我们看见傍岸的空船上一星两星的，枯燥无力又摇摇不定的灯光。我们的梦醒了，我们知道就要上岸了；我们心里充满了幻灭的情思。

1923 年 10 月 11 日作完，于温州。

钓台的春昼

郁达夫

郁达夫(1896—1945),原名郁文,幼名荫生,字达夫,幼名阿凤,浙江富阳人,中国现代著名小说家、散文家、诗人。代表作《沉沦》《故都的秋》《春风沉醉的晚上》《过去》《迟桂花》等。

因为近在咫尺,以为什么时候要去就可以去,我们对于本乡本土的名区胜景,反而往往没有机会去玩,或不容易下一个决心去玩的。正唯其是如此,我对于富春江上的严陵,二十年来,心里虽每在记着,但脚却没有向这一方面走过。一九三一,岁在辛未,暮春三月,春服未成,而中央党帝,似乎又想玩一个秦始皇所玩过的把戏了,我接到了警告,就仓皇离去了寓居。先在江浙附近的穷乡里,游息了几天,偶而看见了一家扫墓的行舟,乡愁一动,就定下了归计。绕了一个大弯,赶到故乡,却正好还在清明寒食的节前。和家人等去上了几处坟,与许久不曾见过面的亲戚朋友,来往热闹了几天,一种乡居的倦怠,忽而袭上心来了,于是乎我就决心上钓台访一访严子陵的幽居。

钓台去桐庐县城二十余里,桐庐去富阳县治九十里不足,

自富阳溯江而上，坐小火轮三小时可达桐庐，再上则须坐帆船了。

我去的那一天，记得是阴晴欲雨的养花天，并且系坐晚班轮去的，船到桐庐，已经是灯火微明的黄昏时候了，不得已就只得在码头近边的一家旅馆的楼上借了一宵宿。

桐庐县城，大约有三里路长，三千多烟灶，一二万居民，地在富春江西北岸，从前是皖浙交通的要道，现在杭江铁路一开，似乎没有一二十年前的繁华热闹了。尤其要使旅客感到萧条的，却是桐 君山脚下的那一队花船的失去了踪影。说起桐君山，却是桐庐县的一个接近城市的灵山胜地，山虽不高，但因有仙，自然是灵了。以形势来论，这桐君山，也的确是可以产生出许多口音生硬，别具风韵的桐严嫂来的生龙活脉。地处在桐溪东岸，正当桐溪和富春江合流之所，依依一水，西岸便瞰视着桐庐县市的人家烟树。南面对江，便是十里长洲；唐诗人方干的故居，就在这十里桐洲九里花的花圈深处。向西越过桐庐县城，更遥遥对着一排高低不定的青峦，这就是富春山的山子山孙了。东北面山下，是一片桑麻沃地，有一条长蛇似的官道，隐而复现，出没盘曲在桃花杨柳洋槐榆树的中间，绕过一支小岭，便是富阳县的境界，大约去程明道的墓地程坟，总也不过一二十里地的间隔。我的去拜谒桐君，瞻仰道观，就在那一天到桐庐的晚上，是谈云微月，正在作雨的时候。

鱼梁渡头，因为夜渡无人，渡船停在东岸的桐君山下。我从旅馆踱了出来，先在离轮埠不远的渡口停立了几分钟。后来向一位来渡口洗夜饭米的年轻少妇，弓身请问了一回，才得到了渡江的秘诀。她说："你只须高喊两三声，船自会来的。"先谢了她教我的好意，然后以两手围成了播音的喇叭，"喂，喂，渡船请摇过来！"地纵声一喊，果然在半江的黑影当中，船身摇动了。渐摇渐近，五分钟后。我在渡口，却终于听出了咿呀柔橹的声音。时间似乎已经入了酉时的下刻，小市里的群动，这时候都已经静息，自从渡口的那位少妇，在微茫的夜色里，藏去了她那张白团团的面影之后，我独立在江边，不知不觉心里头却兀自感到了一种他乡日暮的悲哀。渡船到岸，船头上起了几声微微的水浪清音，又铜东的一响，我早已跳上了船，渡船也已经掉过头来了。坐在黑影沈沈的舱里，我起先只在静听着柔橹划水的声音，然后却在黑影里看出了一星船家在吸着的长烟管头上的烟火，最后因为被沈默压迫不过，我只好开口说话了："船家！你这样的渡我过去，该给你几个船钱？"我问。"随你先生把几个就是。"船家的说话冗慢幽长，似乎已经带着些睡意了，我就向袋里摸出了两角钱来。"这两角钱，就算是我的渡船钱，请你候我一会，上山去烧一次夜香，我是依旧要渡过江来的。"船家的回答，只是恩恩乌乌，幽幽同牛叫似的一种鼻音，然而从继这鼻音而起的两三声轻快的咳声听来，他却似已经在感到满足了，因为我也知道，乡间的义渡，船钱最多也不过是两三枚铜子而已。

到了桐君山下，在山影和树影交掩着的崎岖道上，我上岸走不上几步，就被一块乱石拌倒，滑跌了一次。船家似乎也动了恻隐之心了，一句话也不发，跑将上来，他却突然交给了我一盒火柴。我于感谢了一番他的盛意之后，重整步武，再摸上山去，先是必须点一枝火柴走三五步路的，但到得半山，路既就了规律，而微云堆里的半规月色，也朦胧地现出一痕银线来了，所以手里还存着的半盒火柴，就被我藏入了袋里。路是从山的西北，盘曲而上，渐走渐高，半山一到，天也开朗了一点，桐庐县市上的灯火，也星星可数了。更纵目向江心望去，富春江两岸的船上和桐溪合流口停泊着的船尾船头，也看得出一点一点的火来。走过半山，桐君观里的晚祷钟鼓，似乎还没有息尽，耳朵里仿佛听见了几丝木鱼钲钹的残声。走上山顶，先在半途遇着了一道道观外围的女墙，这女墙的栅门，却已经掩上了。在栅门外徘徊了一刻，觉得已经到了此门而不进去，终于是不能满足我这一次暗夜冒险的好奇怪僻的。所以细想了几次，还是决心进去，非进去不可，轻轻用手往里面一推，栅门却呀的一声，早已退向了后方开开了，这门原来是虚掩在那里的。进了栅门，踏着为淡月所映照的石砌平路，向东向南的前走了五六十步，居然走到了道观的大门之外，这两扇朱红漆的大门，不消说是紧闭在那里的。到了此地，我却不想再破门进去了，因为这大门是朝南向着大江开的，门外头是一条一丈来宽的石砌步道，步道的一旁是道观的墙，一旁便是山坡，靠山坡的一面，并且还有一道二尺来高的石墙筑在那里，大约是代替栏杆，防人倾跌下山去的用意，石墙之上，铺的是二三尺宽的青石，在这似石栏又似石凳的墙上，尽可以坐卧游息，饱看桐江和对岸的风景，就是在这里坐它一晚，也很可以，我又何必去打开门来，惊起那些老道的噩梦呢！

空旷的天空里，流涨着的只是些灰白的云，云层缺处，原也看得出半角的天，和一点两点的星，但看起来最饶风趣的，却仍是欲藏还露，将见仍无的那半规月影。这时候江面上似乎起了风，云脚的迁移，更来得迅速了。而低头向江心一看，几多散乱着的船里的灯光，也忽阴忽灭地变换了一变换位置。

这道观大门外的景色，真神奇极了。我当十几年前，在放浪的游程里，曾向瓜州京口一带，消磨过不少的时日。那时觉得果然名不虚传的，确是甘露寺外的江山，而现在到了桐庐，昏夜上这桐君山来一看，又觉得这江山之秀而且静，风景的整而不散，却非那天下第一江山的北固山所可与比拟的了。真也难怪得严子陵，难怪得戴征士，倘使我若能在这样的地方结屋读书，以养天年，那还要什么的高官厚禄，还要什么的浮名虚誉哩？一个人在这桐君观前的石凳上，看看山。看看水，看看城中的灯火和天上的星云，更做做浩无边际的无聊的幻梦，我竟忘记了时刻，忘记了自身，直等到隔江的击声传来，向西一看，忽而觉得城中的灯影微茫地减了，才跑也似的走下了山来，渡江奔回了客舍。

第二日侵晨，觉得昨天在桐君观前做过的残梦正还没有续完的时候，窗外面忽而传来了一阵吹角的声音。好梦虽被打破，但因这同吹筚篥似的商音哀咽，却很含着些荒凉的古意，并且晓风残月，杨柳岸边，也正好候船待发，上严陵去；所以心里虽怀着了些儿怨恨，但脸上却只观出了一痕微笑，起来梳洗更衣，叫茶房去雇船去。雇好了一只双桨的渔舟，买就了些酒莱鱼米，就在旅馆前面的码头上上了船，轻轻向江心摇出去的时候，东方的云幕中间，已现出了几丝红晕，有八点多钟了。舟师急得厉害，只在埋怨旅馆的茶房，为什么昨晚上不预先告诉，好早一点出发。因为此去就是七里滩头，无风七里，有风七十里，上钓台去玩一趟回来，路程虽则有限，但这几日风雨无常，说不定要走夜路，才回来得了的。

过了桐庐，江心狭窄，浅滩果然多起来了。路上遇着的来往的行舟，数目也是很少，因为早晨吹的角，就是往建德去的快班船的信号，快班船一开，来往于两岸之间的船就不十分多了。两岸全是青青的山，中间是一条清浅的水，有时候过一个沙洲，洲上的桃花菜花，还有许多不晓得名字的白色的花，正在喧闹着春暮，吸引着蜂蝶。我在船头上一口一口的喝着严东关的药酒，指东话西地问着船家，这是什么山，那是什么港，惊叹了半天，称颂了半天，人也觉得倦了，不晓得什么时候，身子却走上了一家水边的酒楼，在和数年不见的几位已经做了党官的朋友高谈阔论。谈论之余，还背诵了一首两三年前曾在同一的情形之下做成的歪诗：

不是尊前爱惜身，
佯狂难免假成真，
曾因酒醉鞭名马，
生怕情多累美人。
劫数东南天作孽，
鸡鸣风雨海扬尘，
悲歌痛哭终何补，
义士纷纷说帝秦。

直到盛筵将散，我酒也不想再喝了，和几位朋友闹得心里各自难堪，连对旁边坐着的两位陪酒的名花都不愿意开口。

正在这上下不得的苦闷关头，船家却大声的叫了起来说：“先生，罗芷过了，钓台就在前面，你醒醒罢，好上山去烧饭吃去。”

擦擦眼睛，整了一整衣服，抬起头来一看，四面的水光山色又忽而变了样子了。清清的一条浅水，比前又窄了几分，四围的山包得格外的紧了，仿佛是前无去路的样子。并且山容峻削，看去觉得格外的瘦格外的高。向天上地下四围看看，只寂寂的看不见一个人类。双桨的摇响，到此似乎也不敢放肆了，钩的一声过后，要好半天才来一个幽幽的回响，静，静，静，身边水上，山下岩头，只沈浸着太古的静，死灭的静，山峡里连飞鸟的影子也看不见半只。前面的所谓钓台山上，只看得见两大个石垒，一间歪斜的亭子，许多纵横芜杂的草木。山腰里的那座祠堂，也只露着些废垣残瓦，屋上面连炊烟都没有一丝半缕，像是好久好久没有人住了的样子。并且天气又来得阴森，早晨曾经露一露脸过的太阳，这时候早已深藏在云堆里了，余下来的只是时有时无从侧面吹来的阴飕飕的半箭儿山风。船靠了山脚，跟着前面背着酒菜鱼米的船夫走上 严 先生祠堂的时候，我心里真有点害怕，怕在这荒山里要遇见一个干枯苍老得同丝瓜筋似的 严 先生的鬼魂。

在祠堂西院的客厅里坐定， 和严先生的不知第几代的裔孙谈了几句关于年岁水旱的话后，我的心跳也渐渐儿的镇静下去了，嘱托了他以煮饭烧菜的杂务，我和船家就从断碑乱石中间爬上了钓台。

东西两石垒，高各有二三百尺，离江面约两里来远，东西台相去只有一二百步，但其间却夹着一条深谷。立在东台，可以看得出罗芷的人家，回头展望来路，风景似乎散漫一点，而一上谢氏的西台，向西望去，则幽谷里的清景，却绝对的不像是在人间了。我虽则没有到过瑞士，但到了西台，朝西一看，立时就想起了曾在照片上看见过的威廉退儿的祠堂。这四山的幽静，这江水的青蓝，简直同在画片上的珂罗版色彩，一色也没有两样，所不同的就是在这儿的变化更多一点，周围的环境更芜杂不整齐一点而已，但这却是好处，这正是足以代表东方民族性的颓废荒凉的美。

从钓台下来，回到严先生的祠堂——记得这是洪杨以后严州知府戴（pan）重建的祠堂——西院里饱啖了一顿酒肉，我觉得有点酩酊微醉了。手拿着以火柴柄制成的牙签，走到东面供着严先生神像的龛前，向四面的破壁上一看，翠墨淋漓，题在那里的，竟多是些俗而不雅的过路高官的手笔。最后到了南面的一块白墙头上，在离屋檐不远的一角高处，却看到了我们的一位新近去世的同乡夏灵峰先生的四句似邵尧夫而又略带感慨的诗句。夏灵峰先生虽则只知崇古，不善处今，但是五十年来，像他那样的顽固内容的亡清遗老，也的确是没有第二个人。比较起现在的那些官迷的南满尚书和东洋宦婢来，他的经术言行，姑且不必去论它，就是以骨头来称称，我想也要比什么罗三郎郑太郎辈，重到好几百倍。慕贤的心一动，熏人臭技自然是难熬了，堆起了几张桌椅，借得了一枝破笔，我也向高墙上在夏灵峰先生的脚后放上了一个陈屁，就是在船舱的梦里，也曾微吟过的那一首歪诗。

从墙头上跳将下来，又向龛前天井去走了一圈，觉得酒后的干喉，有点渴痒了，所以就又走回到了西院，静坐着喝了两碗清茶。在这四大无声，只听见我自己的啾啾喝水的舌音冲击到那座破院的败壁上去的寂静中间，同惊雷似的一晌，院后的竹园里却忽而飞出了一声闲长而又有节奏似的鸡啼的声来。同时在门外面歇着的船家，也走进了院门，高声的对我说："先生，我们回去罢，已经是吃点心的时候了，你不听见那只鸡在后山啼么？我们回去罢！"

一九三二年八月在上海写。

闲　情

冰心

冰心（1900—1999），现当代女作家，著名诗人，翻译家，儿童文学作家。原名谢婉莹，笔名冰心女士，男士等。原籍福建长乐，生于福州，幼年时代就广泛接触了中国古典小说和译作。1918 年入协和女子大学预科，积极参加五四运动。1919 年开始发表第一篇小说《两个家庭》，此后，相继发表了《斯人独憔悴》《去国》等探索人生问题的"问题小说"。同时，受到泰戈尔《飞鸟集》的影响，写作无标题的自由体小诗。这些晶莹清丽、轻柔隽逸的小诗，后结集为《繁星》和《春水》出版，被人称为"春水体"。1921 年加入文学研究会。同年起发表散文《笑》和《往事》。1923 年毕业于燕京大学文科。赴美国威尔斯利女子大学学习英国文学。在旅途和留美期间，写有散文集《寄小读者》，显示出婉约典雅、轻灵隽丽、凝练流畅的特点，具有高度的艺术表现力，比小说和诗歌取得更高的成就。这种独特的风格曾被时人称为“冰心体”，产生了广泛的影响。

弟弟从我头上拔下发针来，很小心的挑开了一本新寄来的月刊。看完了目录，便反卷起来，握在手里笑说：“莹哥，你真是太沉默了，一年无有消息。”

我凝思地，微微答以一笑。

是的，太沉默了！然而我不能，也不肯忙中偷闲；不自然地，造作地，以应酬为目的地，写些东西。

病的神慈悲我，竟赐予我以最清闲最幽静的七天。

除了一天几次吃药的时间，是苦的以外，我觉得没有一时，不沉浸在轻微的愉快之中。——庭院无声。枕簟生凉。温暖的阳光，穿过苇帘，照在淡黄色的壁上。浓密的树影，在微风中徐徐动摇。窗外不时的有好鸟飞鸣。这时世上一切，都已抛弃隔绝，一室便是宇宙，花影树声，都含妙理。是一年来最难得的光阴呵，可惜只有七天！

黄昏时，弟弟归来，音乐声起，静境便砉然破了。一块暗绿色的绸子，蒙在灯上，屋里一切都是幽凉的，好似悲剧的一幕。镜中照见自己玲珑的白衣，竟悄然的觉得空灵神秘。当屋隅的四弦琴，颤动着，生涩的，徐徐奏起。两个歌喉，由不同的调子，渐渐合一。由悠扬，而婉转；由高亢，而沉缓的时候，怔忡的我，竟感到了无限的怅惘与不宁。

小孩子们真可爱，在我睡梦中，偷偷的来了，放下几束花，又走了。小弟弟拿来插在瓶里，也在我睡梦中，偷偷的放在床边几上。——开眼瞥见了，黄的和白的，不知名的小花，衬着淡绿的短瓶。……原是不很香的，而每朵花里，都包含着天真的友情。

终日休息着，睡和醒的时间界限，便分得不清。有时在中夜，觉得精神很圆满。——听得疾雷杂以疏雨，每次电光穿入，将窗台上的金钟花，轻淡清澈的映在窗帘上，又急速的隐抹了去。而余影极分明的，印在我的脑膜上。我看见“自然”的淡墨画，这是第一次。

得了许可，黄昏时便出来疏散。轻凉袭人。迟缓的步履之间，自觉很弱，而弱中隐含着一种不可言说的愉快。这情景恰如小时在海舟上，——我完全不记得了，是母亲告诉我的，——众人都晕卧，我独不理会，颠顿的自己走上舱面，去看海。凝注之顷，不时的觉得身子一转，已跌坐在甲板上，以为很新鲜，很有趣。每坐下一次，便喜笑个不住，笑完再起来，希望再跌倒。忽忽又是十余年了，不想以弱点为愉乐的心情，至今不改。

一个朋友写信来慰问我，说：

“东波云‘因病得闲殊不恶’，我亦生平善病者，故知能闲真是大工夫，大学问。……如能于养神之外，偶阅《维摩经》尤妙，以天女能道尽众生之病，断无不能自已其病也！恐扰清神，余不敢及。”

因病得闲，是第一慊心事，但佛经却没有看。

一九二二年六月十二日

途 中

梁遇春

梁遇春（1906–1932），福建闽侯人，散文家，师从叶公超等名师。其散文风格另辟蹊径，兼有中西方文化特色。在26年人生中撰写多篇著作，被誉为“中国的伊利亚”。主要散文集有《春醪集》《泪与笑》等。

今天是个潇洒的秋天，飘着零雨，我坐在电车里，看到沿途店里的伙计们差不多都是懒洋洋地在那里谈天，看报，喝茶——喝茶的尤其多，因为今天实在有点冷起来了。还有些只是倚着柜头，望望天色。总之纷纷扰扰的十里洋场顿然现出闲暇悠然的气概，高楼大厦的商店好像都化做三间两舍的隐庐，里面那班平常替老板挣钱，向主顾陪笑的伙计们也居然感到了生活余裕的乐处，正在拉闲扯散地过日，仿佛全是古之隐君子了。路上的行人也只是稀稀的几个，连坐在电车里面上银行去办事的洋鬼子们也燃着烟斗，无聊赖地看报上的广告，平时的燥气全消，这大概是那件雨衣的效力罢！到了北站，换上去西乡的公共汽车，雨中的秋之田野是别有一种风味的。外面的濛濛细雨是看不见的，看得见的只是车窗上不断地来临的小雨点，同河面上错杂得可喜的纤纤雨脚。此外还有粉般的小雨点从破了的玻璃窗进来，栖止在我的脸上。我虽然有些寒战，但是受了雨水的洗礼，精神变成格外地清醒。已撄肚网，醉生梦死久矣的我真不容易有这么清醒，这么气爽。再看外面的景色，既没有像春天那娇艳得使人们感到它的不能久留，也不像冬天那样树枯草死，好似世界是快毁灭了，却只是静默默地，一层轻轻的雨雾若隐若现地盖着，把大地美化了许多，我不禁微吟着乡前辈姜白石的诗句，真是“人生难得秋前雨”。忽然想到今天早上她皱着眉头说道：“这样凄风苦雨的天气，你也得跑那么远的路程，这真可厌呀！”我暗暗地微笑。她哪里晓得我正在凭窗赏玩沿途的风光呢？她或者以为我现在必定是哭丧着脸，像个到刑场的死囚，万不会想到我正流连着这叶尚未调，草已添黄的秋景。同情是难得的，就是错误的同情也是无妨，所以我就让她老是这样可怜着我的仆仆风尘罢；并且有时我有什么逆意的事情，脸上露出不豫的颜色，可以借路中的辛苦来遮掩，免得她一再追究，最后说出真话，使她凭添了无数的愁绪。

其实我是个最喜欢在十丈红尘里奔走道路的人。我现在每天在路上的时间差不多总在两点钟以上，这是已经有好几月了，我却一点也不生厌，天天走上电车，老是好像开始蜜月旅行一样。电车上和道路上的人们彼此多半是不相识的，所以大家都不大拿出假面孔来，比不得讲堂里，宴会上，衙门里的人们那样彼此拼命地一味敷衍。公园，影戏院，游戏场，馆子里面的来客个个都是眉花眼笑的，最少也装出那么样子，墓地，法庭，医院，药店的主顾全是眉头皱了几十纹的，这两下都未免太单调了，使我们感到人世的平庸无味。车子里面和路上的人们却具有万般色相，你坐在车里，可要从睁大眼睛不停地观察了卅分钟，你差不多可以在所见的人们脸上看出人世一切的苦乐感觉同人心的种种情调。你坐在位子上默默地鉴赏，同车的客人们老实地让你从他们的形色举止上去推测他们的生平同当下的心境，外面的行人一一现你眼前，你尽可恣意瞧着，他们并不会晓得，而且他们是这么不断地接连走过，你很可以拿他们来彼此比较，这种普通人的行列的确是比什么赛会都有趣得多，路上源源不绝的行人可说是上帝设计的赛会，当然胜过了我们佳节时红红绿绿的玩意儿了。并且在路途中我们的心境是最宜于静观的，最能吸收外界的刺激的。我们通常总是事干，正经事也好，歪事也好，我们的注意免不了特别集中在一点上，只有路途中，尤其走熟了的长路，在未到目的地以前，我们的方寸是悠然的，不专注于一物，却是无所不留神的，在匆匆忙忙的一生里，我们此时才得好好地看一看人生的真况。所以无论从那一方面说起，途中是认识人生最方便的地方。车中，船上同人行道可说是人生博览会的三张入场券，可惜许多人把它们当做废纸，空走了一生的路。我们有一句古话：“读万卷书，行万里路。”所谓行万里路自然是指走遍名山大川，通部大邑，但是我觉换一个解释也是可以。一条的路你来往走了几万遍，凑成了万里这个数目，只要你真用了你的眼睛，你就可以算是懂得人生的人了。俗语说道：“秀才不出门，能知天下事”，我们不幸未得入泮，只好多走些路，来见见世面罢！对于人生有了清澈的观照，世上的荣辱祸福不足以扰乱内心的恬静，我们的心灵因此可以获到永久的自由，可见个个的路都是到自由的路，并不限于罗素先生所钦定的；所怕的就是面壁参禅，目不窥路的人们，他们自甘沦落，不肯上路，的确是无法可办。读书是间接地去了解人生，走路是直接地去了解人生，一落言诠，便非真谛，所以我觉得万卷书可以搁开不念，万里路非放步走去不可。

了解自然，便是非走路不可。但是我觉得有意的旅行倒不如通常的走路那样能与自然更见亲密。旅行的人们心中只惦着他的目的地，精神是紧张的。实在不宜于裕然地接受自然的美景。并且天下的风光是活的，并不拘泥于一谷一溪，一洞一岩，旅行的人们所看的却多半是这些名闻四海的死景，人人莫名其妙地照例赞美的胜地。旅行的人们也只得依样葫芦一番，做了万古不移的传统的奴隶。这又何苦呢？并且只有自己发现出的美景对着我们才会有贴心的亲切感觉，才会感动了整个心灵，而这些好景却大抵是得之偶然的，绝不能强求。所以有时因公外出，在火车中所瞥见的田舍风光会深印在我们的心坎里，而花了盘川，告了病假去赏玩的名胜倒只是如烟如雾地浮动在记忆的海里。今年的春天同秋天，我都去了一趟杭州，每天不是坐在划子里听着舟子的调度，就是跑山，恭敬地聆着车夫的命令，一本薄薄的指南隐隐地含有无上的威权，等到把所谓胜景一一领略过了，重上火车，我的心好似去了重担。当我再继续过着我通常的机械生活，天天自由地东瞧西看，再也不怕受了舟子，车夫，游侣的责备，再也没有什么应该非看不可的东西，我真快乐得几乎发狂。西泠的景色自然是渐渐消失得无影无迹，可惜消失得太慢，起先还做了我几个噩梦的背境。当我梦到无私的车夫，带我走着崎岖难行的宝石山或者光滑不能住足的往龙井的石路，不管我怎样求免，总是要迫我去看烟霞洞的烟霞同龙井的龙角。谢谢上帝，西湖已经不再浮现在我的梦中了。而我生平所最赏心的许多美景是从到西乡的公共汽车的玻璃窗得来的。我坐在车里，任它一上一下，一左一右地跳荡，看着老看不完的十八世纪长篇小说，有时闭着书随便望一望外面天气，忽然觉得青翠迎人，遍地散着香花，晴天现出不可描摹的蓝色。我顿然感到春天已到大地，这时我真是神魂飞在九霄云外了。再去细看一下，好景早已过去，剩下的是闸北污秽的街道，明天再走到原地，一切虽然仍旧，总觉得有所不足，与昨天是不同的，于是乎那天的景色永留在我的心里。甜蜜的东西看得太久了也会厌烦，真真的好景都该这样一瞬即逝，永不重来。婚姻制度的最大毛病也就是在于日夕聚首：将一切好处都因为太熟而化成坏处了。此外在热狂的夏天，风雪载途的冬季我也常常出乎意料地获到不可名言的妙境，滋润着我的心田。会心不远，真是陆放翁所谓的“何处楼台无月明”。自己培养有一个易感的心境，那么走路的确是了解自然的捷径。

“行”不单是可以使我们清澈地了解人生同自然，它自身又是带有诗意的，最浪漫不过的。雨雪霏霏，杨柳依依，这些境界只有行人才有福享受的。许多奇情逸事也都是靠着几个人的漫游而产生的。《西游记》，《镜花缘》，《老残游记》，Cervantes（塞万提斯，西班牙小说家）的《吉诃德先生》（Don Quixote），Swift（斯威夫特，英国文学家）的《海外轩渠录》（Gulliver' s Travels ），Bunyan（班扬，英国作家）的《天路历程》（Pi1grim' s Progress），Cowper （科伯，英国诗人）的《痴汉骑马歌》（John Gi1pin），Dickens（狄更斯）的《Pickwick Papers》，Byron（拜伦，英国诗人）的《Childe Harold's Pilgrimage》，Fielding（菲尔丁，英国小说家）的《Joseph Andrews 》，Gogols（果戈理）的《Dead Sou1s》等不可一世的杰作没有一个不是以"行"为骨子的，所说的全是途中的一切，我觉得文学的浪漫题材在爱情以外，就要数到"行"了。陆放翁是个豪爽不羁的诗人，而他最出色的杰作却是那些纪行的七言。我们随便抄下两首，来代我们说出"行"的浪漫性罢！

剑南道中遇微雨

衣上征尘杂酒痕，远游无处不销魂，
此身合是诗人未？细雨骑驴入剑门。

南定搂遇急雨

行遍梁州到益州，今年又作度沪游，
江山重复争供眼，风雨纵横乱入楼，
人语朱离逢峒獠，棹歌欸乃下吴州，
天涯住稳归心懒，登览茫然却欲愁。

因为"行"是这么会勾起含有诗意的情绪的，所以我们从"行"可以得到极愉快的精神快乐，因此"行"是解闷销愁的最好法子，将濒自杀的失恋人常常能够从漫游得到安慰，我们有时心境染了凄迷的色调，散步一下，也可以解去不少的忧愁。Hawthorne（霍桑，美国作家）同Edgar Allan Poe（爱伦·坡，美国作家）最爱描状一个心里感到空虚的悲哀的人不停地在城里的各条街道上回复地走了又走，以冀对于心灵的饥饿能够暂时忘却。Dostoievsky（陀思妥耶夫斯基）的《罪与罚》里面的Baskolnikov犯了杀人罪之后，也是无目的到处乱走，仿佛走了一下，会减轻了他心中的重压。甚至于有些人对于“行”具有绝大的趣味，把别的趣味一齐压下了，Stevenson（斯蒂文生，英国小说家）的《流浪汉之歌》就表现出这样的一个人物，他在最后一段里说道：“财富我不要，希望，爱情，知己的朋友，我也不要；我所要的只是上面的青天同脚下的道路。”

Wealth I ask not, hope nor love,
Nor a friend to know me;
All I ask, the heaven above
And the road below me.

Walt Whitman （惠特曼，美国诗人）也是一个歌颂行路的诗人，他的《大路之歌》真是“行”的绝妙赞美诗，我就引他开头的雄浑诗句来做这段的结束罢！

A foot and light-hearted I take to the open road,
Healthy, free, the world before me,
The long brown path before me leading wherever I choose.[①]

我们从摇篮到坟墓也不过是一条道路，当我们正寝以前，我们可说是老在途中。途中自然有许多的苦辛，然而四围的风光和同路的旅人都是极有趣的，值得我们跋涉这程路来细细鉴赏，除开这条悠长的道路外，我们并没有别的目的地，走完了这段征程，我们也走出了这个世界，重回到起点的地方了。科学家说我们就归于毁灭了，再也不能重走上这段路途。主张灵魂不灭的人们以为来日方长，这条路我们还能够一再重走了几千万遍。将来的事，谁去管它，也许这条路有一天也归于毁灭。我们还是今天有路今天走罢，最要紧的是不要闭着眼睛，朦胧一生，始终没有看到了世界。

1929 年 11 月 5 日

注释：

译文为：我轻松愉快地迈上大路，

面前的世界健康、自由，

漫长的黄土路引我到想去的地方。

车中一瞥

茅 盾

茅盾（1896–1981），原名沈德鸿，字雁冰。浙江嘉兴桐乡人。中国现代著名作家、文学评论家、文化活动家以及社会活动家，五四新文化运动先驱者之一，我国革命文艺奠基人之一。长篇小说主要有《子夜》《幻灭》《动摇》《追求》《腐蚀》《虹》《锻炼》《霜叶红似二月花》《多角关系》，短篇小说主要有《报施》《创造》《农村三部曲》《林家铺子》《色盲》《有志者》《自杀》，散文作品主要有《白杨礼赞》《风景谈》《卖豆腐的哨子》《人造丝》《全运会印象》《车中一瞥》《鞭炮声中》《谈月亮》《雾中偶记》《大地山河》《黄昏》《雾》《天窗》等。

挤上了车门，只觉得眼前一漆黑；我几乎以为误入铁闷车了。我是提着一口小皮箱的，忽然我和小起箱之间塞进一个大屁股来，此时要是我一松手，那自然什么都解决，或者我的臂膊是橡皮做的，那也好办；但不幸都不是，我只好叫道："朋友，慢点！臂膊要轧断了！"

我想我一定是用足了力气喊的，因为挡在我前面的那些人头都向后转了；有一位热心人还帮着我叫道：

“不好了！轧坏了小孩子了！”

“什么！小孩子？”大屁股的主人似乎也颇吃惊地在我耳边喊起来了。同时他那有弹性的屁股似乎也缩小了一点。

“幸而只是一口小皮箱。”我笑了笑回答。趁那大屁股还没回复原状的机会，我的小皮箱就度过了这一关；也不再提在手里了，我抱它在胸前，当真就像抱一个小孩子似的。

自家一双腿已经没有自动运用的可能，我让人家推着挤着，进了车厢。自然这不是铁闷车，可是每个窗口都塞足了人头，——电烫的摩登女性头，光滑油亮的绅士头……而特别多的，是戴着制帽的学生头，这一切的头攒在每个窗口，显然不是无所为的。可是这一份闲事，我只好不管了；从强光的月台到这车厢里，暂时我的眼睛不肯听我指挥。

那位大屁股依然在我背后。单是他老人家一个，也很够将我从车厢的这一端推到那一端去。而况他背后还有许多别人也在推。然而在我前面的人忽然停止了，因为更前面来了一股相反的推的和挤的。两股既经会合，大家倒似乎死了心了；反正没有座位，谁也犯不着白费力气。

于是在挤足了人的两排座位之间的狭小走路中，人们（连同他们的手携行李）就各自找寻他们的“自由”。

我将小皮箱放在“路”边，下意识地回头去望那车门，可是我的眼光不能望到三尺以外去。挡在我眼前的第一堵墙就是那位大屁股。他这时正也在朝我看呢。

“幸而只是一口小皮箱，我们还可以当作凳子用。”

我笑着对“大屁股”说，自己先坐了下去。

“大屁股”用点头来代替回答，朝我的小皮箱角打量了一眼，也很费力地坐了。

喇叭声从月台上来了。

这是孤独的喇叭，可怜的音调生涩的喇叭。

“车要开了！”大屁股朋友松了一口气似的说。

这位朋友有一张胖脸和一对细眼睛，可是这对细眼睛很能观察人家的表情。他知道我在怀疑喇叭声和“车要开了”的关系，就热心地解释道：“是那些保安队吹喇叭，——他们是欢送分队长的；所以车要开了。”

“哦，哦。”我应着，同时也就恍然于为什么车窗里都攒满了人头朝外边看了。他们自然是看月台上的保安队。“但是不靠月台那边的车窗为什么也攒满了人头呢？”——我心里这样想，就转眼过去望了一下。

还有人在看，而且一边看，一边发议论。可惜听不清。我就问我的胖朋友：“那边还有什么？”

“兵——不知道是哪里开来的兵；屯在这里有好几天了。”胖朋友回答，忽然他的细眼睛射出愤慨的光芒。我正想再问，前面那些安静地站着的人们忽然又扰动起来了。一只大网篮和一个大片盖在人丛里挤过来，离我和胖朋友二尺多远，赫然站住了；接着是铺盖在下，网篮在上，在这狭小的走路的正中，形成了一座“碉楼”。

同时在相反的方向也有扰动。一位戎装的大汉勇敢地挤过来，忽地直扑一个窗洞，靠窗的座位上有一位太太和两个十来岁的孩子，戎装大汉就站上凳子，将一个孩子的上半身逼在他马裤的裤裆中，他自己的头和肩膀都塞在窗洞里，但是赶快又缩进半个肩膀，伸出一只手去，这手上有他的军帽，这手在挥动他的军帽。

喇叭声又孤独地生涩地响了。

车窗外的月台等等也向后移动了。

我知道这戎装大汉就是被欢送的什么分队长。

车窗外的月台过完了。分队长也者，已经镇守在他那铺盖网篮构成的“碉楼”前，他的背对着我和胖朋友。

“碉楼”的网眼里突出一个炮口——一个大号的热水瓶，瓶壳上彩绘着“美女”的半身像，捧一束花，在对分队长媚笑。

我的视线把那“碉楼”作为中心点，向四面扫射一下。倒有半车子的学生。从他们的制服看起来，他们是属于三个不同的学校。我的两邻全是学生。

隆隆隆，车子是开快了。汽笛胜利的叫着。

“放心罢！这一趟车是有司机人的，沿路也有岔道夫，而且没有铁轨被掘掉。”

一个男学生对他的女同学说，惨然一笑。

“刚才车站上那些兵也不是来‘护送’的宪兵……”说的又是一个男学生。

“可是他们在这里干么？”女学生睁大了眼睛问。我觉得她的眼神是沉着的，可又同时含着悲怆。

“鬼知道！”

两个男学生好像约齐了似的同声回答。

于是三张脸都转向窗那边了，望着天空的白云。白云很快地在飞。汽笛忽然又叫了，颤抖似的叫着。听车轮的声音，知道我们正在过一条小河了。

“贵处是哪里？”胖朋友看着我的面孔说。

“××。”

“有兵么？”

“也许有。——我一向在外边，不甚明白。”

“一定有的。敝处是××，跟贵乡近得很。我们那里有兵。”胖朋友的细眼睛紧盯住了我的面孔，声音变得严肃。“纪律坏得很！”

“哦！八年前我也见过纪律很坏的兵——”

“是呀，可是他们不同。买东西不规矩，那只好不算一回事；他们一到，就要地方上供给鸦片，喂，朋友，全是老枪呢！见不得女人。在大街上见了女人就追，人家躲在家里，他们还去打门。”

胖朋友的脸全红了，他那双细眼睛骨碌碌地溜动。

忽然他放低了声音，可是很坚决地说：“这种兵，不能打日本人！”

“你以为他们是开来防备日本人么？”

“我不知道他们来干么。可是，如果不打日本人，他们又来干么呢？我们那里是小地方，向来不驻兵。”

我看见他的眉毛皱起来了，我看出他大概也觉得自己的解答不甚可信，然而他又想不出别的原因；“鬼知道罢哩！”——我忽然记起刚才那两个男学生的话了。胸中横着这样一个疑团的，不只是这位胖朋友。

“你说是应该和日本人打呢还是不打呢？”我换了题目问他了。

“不打，那是等死。”他干脆地回答。他这话是平平淡淡说了出来的，然而我觉得这比“出师表”式的播音要诚恳到万分。

我们都肃然静默了。我看着他的胖身体，我相信他虽然胖得也许过分一点，然而没有心脏病。

离厕所不远，站着两三个奇装异服的青年。似乎有男的，也有女的；他们带得有一种怪样的家伙，隔得远，又被人们的身体遮住，看不明白，只仿佛看见一束细棒儿——比筷子粗不了多少的，顶端都装饰着白的羽毛。

也不知是好奇呢，或是当真尿急，我费了好大力量爬过了那位分队长的铺盖网篮的“碉楼”，居然到了厕所前。呵，看明白了！原来那怪样的家伙是几张弓和一束箭。弓是直竖着，比持弓的人还长些。箭是刚和用箭的人一般高。

厕所的门推不开，我也忘记了远道艰苦而来的目的，就混在那几位“射手”的中间看着听着。

有一位五十来岁的好像半儒半商的先生，用半只屁股挨在已经坐了三个人的凳子角上，从洋瓶里倒出些黄褐色的酒到一个热水瓶的盖子里，翘起极文雅的“兰花式”的手指，举到嘴唇边呷了一口，就精神百倍地说道：

“射，御，书，……嗯，射是第一位，风雅，风雅……”

他是对那几位带弓箭的青年说的。

青年的“射手”们似乎不很了然于老先生的富有东方文化精神的remark[①]，然而他们笔直站在那里，态度很严肃。其中有一位女的，——刚好她是抱着那束长箭的，轻轻地用箭上的羽毛给耳根搔痒，她的眼光却注在那位老先生的“兰花式”的手指上；她的眼光是天真的。

我对于那位老先生的“兰花式”手指的姿势和他的东方文化精神的议论一样不感兴味；我倒仔细打量那几张弓和那一束箭。

弓是白木做的，看去那木质也未必坚硬；箭是竹的杆，因为只是平常的毛竹，似乎也并不能直；箭羽大概是鹅毛，三棱式，上海北京路的旧货店老板或许会错认是制得拙劣的洗皮的刷子；箭镞因为拄着地，看不见，然而我从人们的腿缝间也看了个大概；这是铁铸的，似乎很薄，苏帮裁缝见了是要拿去当作刮浆糊的家伙用的。

老实说，我对于这弓这箭没有敬意，然而我不愿菲薄那几位持弓箭的青年。他们的神情那样天真而严肃；他们对于弓箭的观念也许在我看来是错误的，然而他们本心是纯良的，他们不想骗人，他们倒是受了人家的欺骗。

但是这当儿，那位用了“兰花式”手指擎着热水铺盖代用酒杯的老先生，却发表他的大议论了。他从东方文化精神的宣扬转到“救亡大计”的播音了：

“……现在壮丁要受训练了，通国要皆兵了，这是百年大计，百年大计；早五十年就办，岂不好呢？——你们年青人是这样想的。然而现在还不迟，不迟。不要性急！同日本人打仗，性急不来。要慢慢的……”

“慢慢的准备起来罢？可惜敌人却不肯慢慢的等着我们准备起全！”

一个声音从老先生的背后出来。

老先生吃惊似的回过脸去，刚好接受了一个鄙夷的睥视。说这话的，是一个小学教员模样的人物。

老先生赶快呷一口酒，就不慌不忙说道：

“咳，性急，性急……要慢慢的等机会呀！凡事总有个数的。天数难逃，是么？”

这时厕所的门开了。我猛又想起要撒尿来。但是那位老先生的议论忽然又从神秘的“天数”转到“世界大势”了，我又舍不得走开。

“中国是弱的。学几拳在这里，等机会，等机会，打几下冷拳头，日本人就吃不消了。中国不出手打，美国人俄国人迟早要和日本人打起来，等日本人打得半死不活，我们偷打几记冷拳头，——此之谓慢慢的等机会呀！性急是要误事的。”

别人我不知道，至于我呢，听了这样的宏论，不禁皮肤上起了疙瘩。料不到这位兰花指头的老先生竟起有深谋远虑的政治家的风度呢！然而也不足怪。我相信他是熟读报纸的，——熟读报纸上的播音讲演的。

可惜竟没有人注意他的宏论。他背后他旁边的人们都在嘈嘈杂杂说他们自己的话。

只有带了箭的几位青年因为和他面对面，似乎是俨然在静听的。这时那位女“射手”又用那束箭杆上的羽毛轻轻地在耳根上搔痒了。她的天真的眼光现在是注在那位老先生的酒糟鼻子上了，有一只苍蝇在这鼻子上吮吸。

白的羽毛在女“射手”的耳根边轻轻摩擦。

“要是耳朵或什么别的地方有点轻痒，用这家伙来擦擦，大概是极好的。”——我不禁这样想。忽然我又想到此时不去撒尿，更待何时。可是慢了！一位黄呢军衣，黑骑马靴的人物，挤过来，直走到厕所门前。他的腰间挂着一柄短剑，大概是绿起的剑鞘，剑柄上好像还刻着字。

他在开那厕所的门时还回头一望。是保养得很体面的一张脸，只是眼睛上有两圈黑晕，叫人联想到电影里的神秘女郎。

绿皮鞘的短剑晃了一晃，砰的一声，人物不见了，厕所门关得紧紧的。

一个人在车子里如果没有座位，会不知不觉移动他的“岗位”的。我等着那挂剑的人物办他的“公”事的当儿，忽然已经和那些“射手”们离得远些，又混在另一个小圈子里这是学生。胸前的证章是什么乡村师范。他们全是坐在那里的。

两人座位的相对两个凳子里是四个女的。两位用大衣蒙了头打瞌睡，一位看着窗外，一位读小说。我不知道那是什么小说，但知道一定是小说。

隔了走路——就是隔了站着的我，她们的男同学占据了很大的地盘；在我近身处，有一位看《申报》上的“通俗讲座”《苏武牧羊》，另外对面的两位都在读一部什么《公民训练》。

忽然打瞌睡的一个女生掀开了大衣尖声叫道：“到了什么地方了？已经是C省了罢？”

“呵呵，”一个头从《公民训练》上抬起来，“刚才过了 ×× 站，不知是不是C省地界。

“嗨！看你的公民常识多差！要到了K站才是C省地界呢！”对面的男生说。

我知道他们两位都弄错了，但那位发问的女生似乎是相信后一说的。有一位站在我前面的商人模样的汉子忽然自言自语发感慨道："真不知道学堂的先生教些什么！"

这句话大概落进那位女生的耳朵了；而且，误以为这是我说的，她盯了我一眼。

我觉得无聊，正想自动的换地位，忽然那位女生一伸手就要抢那男生的什么《公民训练》，佯怒说："省界也不明白，看这书干么？"

"嗨嗨，你们女人只知道看小说，恋爱呀，自杀呀，国要亡了，也不管。"

"谁要听这些话！还我的书来，还我的书来！"

这时另一个打瞌睡的女生也过来了，乘那男生正和那女生在斗嘴就从男生的背后抽出一本书来递给了她的同伴，她们都胜利地笑着。

这书是一本小说。我看见封面上五个大字：《梦里的微笑》。

得了书的女生于是翻开书，看了几行，就朝那边的男生说：

"你懂得什么！小说里充满了优美的感情，人没有感情，能不能生活？"

于是又看了几行，自言自语的说："这首诗，这首诗，多优美呀！"她翻过书面来，又自言自语道："周全朴！这名儿倒不大听得。"　　我觉得看够了，要撒尿的意识又强烈起来，于是再挤向厕所那边去。

注释：

① remark：意即议论、评论。

最后一次的讲演

闻一多

闻一多，原名闻家骅，又名多、亦多、一多，字友三、友山。中国现代伟大的爱国主义者，坚定的民主战士，中国民主同盟早期领导人，中国共产党的挚友，诗人，学者，民主战士。新月派代表诗人，作品主要收录在《闻一多全集》中。1922 年毕业于清华学校后赴美留学。先入芝加哥美术学院，次年转入科罗拉多大学美术系。1925 年回国后任北京艺术专科学校教务长。1927 年，任南京国立第四中山大学（后改为中央大学，1949 年又更名南京大学）外文系主任。

这几天，大家晓得，在昆明出现了历史上最卑劣最无耻的事情！李先生究竟犯了什么罪，竟遭此毒手？他只不过用笔写写文章，用嘴说说话，而他所写的，所说的，都无非是一个没有失掉良心的中国人的话！大家都有笔，有嘴，有理由讲啊！（闻先生声音激动了）为什么要打要杀，而且又不敢光明正大的来打来杀，而偷偷摸摸的来暗杀！（鼓掌）这成什么话？（鼓掌）

今天，这里有没有特务？你站出来！你出来讲！凭什么要杀死李先生？（厉声，热烈的鼓掌）杀死了人，又不敢承认，还要诬蔑人，说什么“桃色事件”，说什么共产党杀共产党，无耻啊！无耻啊！（热烈的鼓掌）这是某集团的无耻，恰是李先生的光荣！李先生在昆明被暗杀，是李先生留给昆明的光荣！也是昆明人的光荣！（鼓掌）

去年“一二·一”昆明青年学生为了反对内战，遭受屠杀，现在李先生为了争取民主和平而遭受了反动派的暗杀，我们骄傲一点说，这算是像我这样大年纪的一代，我们的老战友，献出了最宝贵的生命！这两桩事发生在昆明，这算是昆明无限的光荣！（热烈的鼓掌）

反动派暗杀李先生的消息传出以后，大家听了都摇头。这些无耻的东西，不知他们是怎么想法，他们的心理是什么状态，他们的心怎样长的！（捶击桌子）其实简单，他们这样疯狂的来制造恐怖，正是他们自己在慌啊！恐怖啊！特务们，你们想想，你们还有几天？你们完了，快完了！你们以为打伤几个，杀死几个就可以了事，就可以把人民吓倒了吗？其实广大的人民是打不尽的，杀不完的！要是这样可以的话，世界上早没有人了。

你们杀死一个李公朴，会有千百万个李公朴站起来！你们将失去千百万的人民！你们看着我们人少，没有力量？告诉我们，我们的力量大得很，强得很！看今天来的这些人都是我们的人，都是我们的力量！此外还有广大的市民！我们有这个信心：人民的力量是要胜利的，真理是永远是要胜利的，真理是永远存在的。历史上没有一个反人民的势力不被人民毁灭的！希特勒，墨索里尼，不都在人民之前倒下去了吗？翻开历史看看，你们还站得住几天！你们完了，快了！

快完了！我们的光明就要出现了。我们看，光明就在我们眼前，而现在正是黎明之前那个最黑暗的时候。我们有力量打破这个黑暗，争到光明！我们光明，恰是反动派的末日！（热烈的鼓掌）

李先生的血不会白流的！李先生赔上了这条性命，我们要换来一个代价。“一二·一”四烈士倒下了，年轻的战士们的血换来了政治协商会议的召开；现在李先生倒下了，他的血要换取政协会议的重开！（热烈的鼓掌）我们有这个信心！（鼓掌）

“一二·一”是昆明的光荣，是云南人民的光荣。云南有光荣的历史，远的如护国，这不用说了，近的如“一二·一”，都属于云南人民的。我们要发扬云南光荣的历史！（听众表示接受）

反动派挑拨离间，卑鄙无耻，你们看见联大走了，学生放暑假了，便以为我们没有力量了吗？特务们！你们看见今天到会的一千多青年，又握起手来了，我们昆明的青年决不会让你们这样蛮横下去的！

反动派，你看见一个倒下去，可也看得见千百个继起的！

正义是杀不完的，因为真理永远存在！（鼓掌）

历史赋予昆明的任务是争取民主和平，我们昆明的青年必须完成这任务！

我们不怕死，我们有牺牲的精神！我们随时像李先生一样，前脚跨出大门，后脚就不准备再跨进大门！（长时间的鼓掌）

回忆鲁迅先生（节选）

萧　红

萧红（1911–1942），黑龙江省呼兰县人，著名女作家。被誉为20世纪“30年代文学洛神”。一位传奇性人物，在极端苦难与坎坷中，以柔弱多病的身躯面对世俗，历经反叛、觉醒与抗争，一次次与命运搏击，一生未向命运低头。1935年，在鲁迅的支持下，发表了成名作《生死场》。1936年，为摆脱精神上的苦恼东渡日本，并写下了散文《孤独的生活》，长篇组诗《砂粒》等。1940年与端木蕻良同抵香港，之后发表了中篇小说《马伯乐》和著名长篇小说《呼兰河传》。

鲁迅先生的笑声是明朗的，是从心里的欢喜。若有人说了什么可笑的话，鲁迅先生笑得连烟卷都拿不住了，常常是笑得咳嗽起来。

鲁迅先生走路很轻捷，尤其使人记得清楚的，是他刚抓起帽子来往头上一扣，同时左腿就伸出去了，仿佛不顾一切的走去。

鲁迅先生不大注意人的衣裳，他说：“谁穿什么衣裳我看不见的……”

鲁迅先生生病，刚好了一点，窗子开着，他坐在躺椅上，抽着烟，那天我穿着新奇的火红的上衣，很宽的袖子。

鲁迅先生说："这天气闷热起来，这就是梅雨天。"他把他装在象牙烟嘴上的香烟，又用手装得紧一点，往下又说了别的。

许先生忙着家务跑来跑去，也没有对我的衣裳加以鉴赏。

于是我说："周先生，我的衣裳漂亮不漂亮？"

鲁迅先生从上往下看了一眼："不大漂亮。"

过了一会又加着说："你的裙子配的颜色不对，并不是红上衣不好看，各种颜色都是好看的，红上衣要配红裙子，不然就是黑裙子，咖啡色的就不行了；这两种颜色放在一起很混浊……你没看到外国人在街上走的吗？绝没有下边穿一件绿裙子，上边穿一件紫上衣，也没有穿一件红裙子而后穿一件白上衣的……"

鲁迅先生就在躺椅上看着我："你这裙子是咖啡色的，还带格子，颜色混浊得很，所以把红衣裳也弄得不漂亮了。"

"……人瘦不要穿黑衣裳，人胖不要穿白衣裳；脚长的女人一定要穿黑鞋子，脚短就一定要穿白鞋子；方格子的衣裳胖人不能穿，但比横格子的还好；横格子的胖人穿上，就把胖子更往两边裂着，更横宽了，胖子要穿竖条子的，竖的把人显得长，横的把人显得宽……"

那天鲁迅先生很有兴致，把我一双短统靴子也略略批评一下，说我的短靴是军人穿的，因为靴子的前后都有一条线织的拉手，这拉手据鲁迅先生说是放在裤子下边的……

我说："周先生，为什么那靴子我穿了多久了而不告诉我，怎么现在才想起来呢？现在不是不穿了吗？我穿的这不是另外的鞋吗？”

“你不穿我才说的，你穿的时候，一说你该不穿了。”

那天下午要赴一个筵会去，我要许先生给我找一点布条或绸条束一束头发。许先生拿了来米色的绿色的还有桃红色的。经我和许先生共同选定的是米色的。为着取笑，把那桃红色的，许先生举起来放在我的头发上，并且许先生很开心地说着：

“好看吧！多漂亮！”

我也非常得意，很规矩又顽皮地在等着鲁迅先生往这边看我们。

鲁迅先生这一看，他就生气了，他的眼皮往下一放向我们这边看着：

“不要那样装她……”

许先生有点窘了。

我也安静下来。

鲁迅先生在北平教书时，从不发脾气，但常常好用这种眼光看人，许先生常跟我讲，他在女师大读书时，周先生在课堂上，一生气就用眼睛往下一掠，看着她们，这种眼光鲁迅先生在记范爱农先生的文字里曾自己述说过，而谁曾接触过这种眼光的人就会感到一个旷代的全智者的催逼。

……

在鲁迅先生家里作客人，刚开始是从法租界来到虹口，搭电车也要差不多一个钟头的工夫，所以那时候来的次数比较少，还记得有一次谈到半夜了，一过十二点电车就没有的，但那天不知讲了些什么，讲到一个段落就看看旁边小长桌上的圆钟，十一点半了，十一点四十五分了，电车没有了。

“反正已十二点，电车已没有，那么再坐一会。”许先生如此劝着。

鲁迅先生好像听了所讲的什么引起了幻想，安顿的举着象牙烟嘴在沉思着。

一点钟以后，送我（还有别的朋友）出来的是许先生，外边下着蒙蒙的小雨，弄堂里灯光全然灭掉了，鲁迅先生嘱咐许先生一定让坐小汽车回去，并且一定嘱咐许先生付钱。

以后也住到北四川路来，就每夜饭后必到大陆新村来了，刮风的天，下雨的天，几乎没有间断的时候。

鲁迅先生很喜欢北方饭。还喜欢吃油炸的东西，喜欢吃硬的东西，就是后来生病的时候，也不大吃牛奶。鸡汤端到旁边用调羹舀了一二下就算了事。

有一天约好我去包饺子吃，那还是住在法租界，所以带了外国酸菜和用绞肉机绞成的牛肉。就和许先生站在客厅后边的方桌边包起来，海婴公子围着闹得起劲，一会把按成圆饼的面拿去了，他说做了一只船来，送在我们的眼前，我们不看它，转身他又做了一只小鸡，许先生和我都不去看它，对他竭力避免加以赞美，若一赞美起来，怕他更做得起劲。

客厅后没到黄昏就先黑了，背上感到些微的寒凉，知道衣裳不够了，但为着忙，没有加衣裳去。等把饺子包完了看看那数目并不多，这才知道许先生我们谈话谈得太多，误了工作。许先生怎样离开家的，怎样到天津读书的，在女师大读书时怎样做了家庭教师，她去考家庭教师的那一段描写，非常有趣，只取一名，可是考了好几十名，她之能够当选算是难的了。指望对于学费有一点补足，冬天来了，北平又冷，那家离学校又远，每月除了车子钱之外，若伤风感冒还得自己拿出买阿司匹林的钱来，每月薪金十元要从西城跑到东城……

饺子煮好，一上楼梯，就听到楼上明朗的鲁迅先生的笑声冲下楼梯来，原来有几个朋友在楼上也正谈得热闹。那一天吃得是很好的。

以后我们又做过韭菜合子，又做过合叶饼，我一提议鲁迅先生必然赞成，而我做得又不好，可是鲁迅先生还是在饭桌上举着筷子问许先生："我再吃几个吗？"

因为鲁迅先生的胃不大好，每饭后必吃"脾自美"胃药丸一二粒。

有一天下午鲁迅先生正在校对着瞿秋白得《海上述林》，我一走进卧室去，从那圆转椅上鲁迅先生转过来了，向着我，还微微站起了一点。

"好久不见，好久不见。"一边说着一边向我点头。

刚刚我不是来过了吗？怎么会好久不见？就是上午我来的那次周先生忘记了，可是我也每天来呀……怎么都忘记了吗？

周先生转身坐在躺椅上才自己笑起来，他是在开着玩笑。

梅雨季，很少有晴天，一天的上午刚一放晴，我高兴极了，就到鲁迅先生家去了，跑得上楼还喘着，鲁迅先生说："来啦！"我说："来啦！"

我喘着连茶也喝不下。

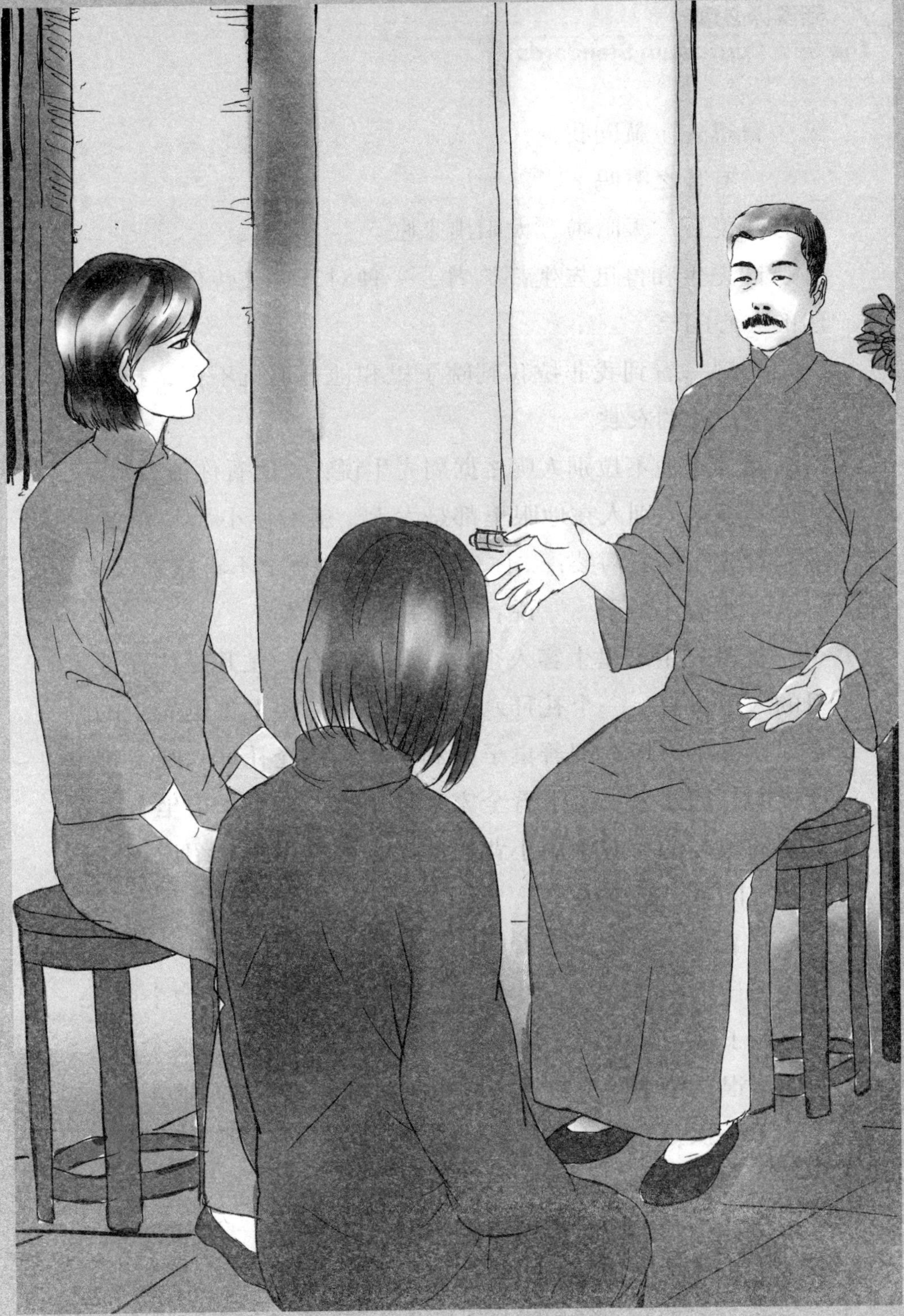

鲁迅先生就问我：

“有什么事吗？”

我说：“天晴啦，太阳出来啦。”

许先生和鲁迅先生都笑着，一种对于冲破忧郁心境的崭然的会心的笑。

海婴一看到我非拉我到院子里和他一道玩不可，拉我的头发或拉我的衣裳。

为什么他不拉别人呢？据周先生说：“他看你梳着辫子，和他差不多，别人在他眼里都是大人，就看你小。”

许先生问着海婴：“你为什么喜欢她呢？不喜欢别人？”

“她有小辫子。”说着就来拉我的头发。

鲁迅先生家里生客人很少，几乎没有，尤其是住在他家里的人更没有。一个礼拜六的晚上，在二楼上鲁迅先生的卧室里摆好了晚饭，围着桌子坐满了人。每逢礼拜六晚上都是这样的，周建人先生带着全家来拜访的。在桌子边坐着一个很瘦的很高的穿着中国小背心的人，鲁迅先生介绍说：“这是一位同乡，是商人。”

初看似乎对的，穿着中国裤子，头发剃得很短。当吃饭时他还让别人酒，也给我倒一盅，态度很活泼，不大像个商人；等吃完了饭，又谈到《伪自由书》及《二心集》。这个商人，开明得很，在中国不常见。没有见过的就总不大放心。

下一次是在楼下客厅后的方桌上吃晚饭，那天很晴，一阵阵地刮着热风，虽然黄昏了，客厅后还不昏黑。鲁迅先生是新剪的头发，还能记得桌上有一盘黄花鱼，大概是顺着鲁迅先生的口味，是用油煎的。鲁迅先生前面摆着一碗酒，酒碗是扁扁的，好像用做吃饭的饭碗。那位商人先生也能喝酒，酒瓶手就站在他的旁边。他说蒙古人什么样，苗人什么样，从西藏经过时，那西藏女人见了男人追她，她就如何如何。

这商人可真怪，怎么专门走地方，而不做买卖？并且鲁迅先生的书他也全读过，一开口这个，一开口那个。并且海婴叫他 × 先生，我一听那 × 字就明白他是谁了。× 先生常常回来得很迟，从鲁迅先生家里出来，在弄堂里遇到了几次。

有一天晚上 × 先生从三楼下来，手里提着小箱子，身上穿着长袍子，站在鲁迅先生的面前，他说他要搬了。他告了辞，许先生送他下楼去了。这时候周先生在地板上绕了两个圈子，问我说：

“你看他到底是商人吗？”

“是的。”我说。

鲁迅先生很有意思地在地板上走几步，而后向我说：“他是贩卖私货的商人，是贩卖精神上的……”

× 先生走过二万五千里回来的。

青年人写信，写得太草率，鲁迅先生是深恶痛绝之的。

“字不一定要写得好，但必须得使人一看了就认识，年轻人现在都太忙了……他自己赶快胡乱写完了事，别人看了三遍五遍看不明白，这费了多少工夫，他不管。反正这费的工夫不是他的。这存心是不太好的。”

但他还是展读着每封由不同角落里投来的青年的信，眼睛不济时，便戴起眼镜来看，常常看到夜里很深的时光。

珂勒惠支的画，鲁迅先生最佩服，同时也很佩服她的做人，珂勒惠支受希特勒的压迫，不准她做教授，不准她画画，鲁迅先生常讲到她。

史沫特莱，鲁迅先生也讲到，她是美国女子，帮助印度独立运动，现在又在援助中国。

鲁迅先生介绍给人去看的电影：《夏伯阳》、《复仇艳遇》……其余的如《人猿泰山》……或者非洲的怪兽这一类的影片，也常介绍给人的。鲁迅先生说："电影没有什么好看的，看看鸟兽之类倒可以增加些对于动物的知识。"

鲁迅先生不游公园，住在上海十年，兆丰公园没有进过，虹口公园这么近也没有进过。春天一到了，我常告诉周先生，我说公园里的土松软了，公园里的风多么柔和，周先生答应选个晴好的天气，选个礼拜日，海婴休假日，好一道去，坐一乘小汽车一直开到兆丰公园，也算是短途旅行，但这只是想着而未有做到，并且把公园给下了定义，鲁迅先生说："公园的样子我知道的……一进门分做两条路，一条通左边，一条通右边，沿着路种着点柳树什么的，树下摆着几张长椅子，再远一点有个水池子。"

我是去过兆丰公园，也去过虹口公园或是法国公园的，仿佛这个定义适用在任何国度的公园设计者。

鲁迅先生不戴手套，不围围巾，冬天穿着黑石蓝的棉布袍子，头上戴着灰色毡帽，脚穿黑帆布胶皮底鞋。

胶皮底鞋夏天特别热，冬天又凉又湿，鲁迅先生的身体不算好，大家都提议把这鞋子换掉。鲁迅先生不肯，他说胶皮底鞋子走路方便。

"周先生一天走多少路呢？也不就一转弯到 ×× 书店走一趟吗？"

鲁迅先生笑而不答。

“周先生不是很好伤风吗？不围巾子，风一吹不就伤风了吗？”

鲁迅先生这些个都不习惯，他说：

“从小就没戴过手套围巾，戴不惯。”

鲁迅先生一推开门从家里出来时，两只手露在外边，很宽的袖口冲着风就向前走，腋下挟着个黑绸子印花的包袱，里边包着书或者是信，到老靶子路书店去了。

那包袱每天出去必带出去，回来必带回来，出去时带着回给青年们的信，回来又从书店带来新的信和青年请鲁迅先生看的稿子。

鲁迅先生抱着印花包袱从外边回来，还提着一把伞，一进门客厅里早坐着客人，把伞挂在衣架上就陪客人谈起话来。谈了很久了，伞上的水滴顺着伞杆在地板上已经聚了一堆水。

鲁迅先生上楼去拿香烟，抱着印花包袱，而那把伞也没有忘记，顺手也带到楼上去。

鲁迅先生的记忆力非常之强，他的东西从不随便散置在任何地方。

鲁迅先生很喜欢北方口味。许先生想请一个北方厨子，鲁迅先生以为开销太大，请不得的，男佣人，至少要十五元钱的工钱。

所以买米买炭都是许先生下手，我问许先生为什么用两个女佣人都是年老的，都是六七十岁的？许先生说她们做惯了，海婴的保姆，海婴几个月时就在这里。

正说着那矮胖胖的保姆走下楼梯来了，和我们打了个迎面。

"先生，没吃茶吗？"她赶快拿了杯子去倒茶，那刚刚下楼时气喘的声音还在喉管里咕噜咕噜的，她确是年老了。

来了客人，许先生没有不下厨房的，菜食很丰富，鱼，肉……都是用大碗装着，起码四五碗，多则七八碗。可是平常就只三碗菜：一碗素炒豌豆苗，一碗笋炒咸菜，再一碗黄花鱼。

这菜简单到极点。

鲁迅先生的原稿，在拉都路一家炸油条的那里用着包油条，我得到了一张，是译《死魂灵》的原稿，写信告诉了鲁迅先生，鲁迅先生不以为稀奇。许先生倒很生气。

鲁迅先生出书的校样，都用来揩桌子，或做什么的。请客人在家里吃饭，吃到半道，鲁迅先生回身去拿来校样给大家分着，客人接到手里一看，这怎么可以？鲁迅先生说：

"擦一擦，拿着鸡吃，手是腻的。"

到洗澡间去，那边也摆着校样纸。

许先生从早晨忙到晚上，在楼下陪客人，一边还手里打着毛线。不然就是一边谈着话一边站起来用手摘掉花盆里花上已干枯了的叶子。许先生每送一个客人，都要送到楼下的门口，替客人把门开开，客人走出去而后轻轻地关了门再上楼来。

来了客人还要到街上去买鱼或鸡，买回来还要到厨房里去工作。

鲁迅先生临时要寄一封信，就得许先生换起皮鞋子来到邮局或者大陆新村旁边的信筒那里去。落着雨的天，许先生就打起伞来。

许先生是忙的，许先生的笑是愉快的，但是头发有些是白了的。

夜里去看电影，施高塔路的汽车房只有一辆车，鲁迅先生一定不坐，一定让我们坐。许先生，周建人夫人……海婴，周建人先生的三位女公子。我们上车了。

鲁迅先生和周建人先生，还有别的一二位朋友在后边。

看完了电影出来，又只叫到一部汽车，鲁迅先生又一定不肯坐，让周建人先生的全家坐着先走了。

鲁迅先生旁边走着海婴，过了苏州河的大桥去等电车去了。等了二三十分钟电车还没有来，鲁迅先生依着沿苏州河的铁栏杆坐在桥边的石围上了，并且拿出香烟来，装上烟嘴，悠然地吸着烟。

海婴不安地来回乱跑，鲁迅先生还招呼他和自己并排地坐下。

鲁迅先生坐在那儿和一个乡下的安静老人一样。

鲁迅先生吃的是清茶，其余不吃别的饮料。咖啡、可可、牛奶、汽水之类，家里都不预备。

鲁迅先生陪客人到夜深，必同客人一道吃些点心，那饼干就是从铺子里买来的，装在饼干盒子里，到夜深许先生拿着碟子取出来，摆在鲁迅先生的书桌上，吃完了，许先生打开立柜再取一碟，还有向日葵子差不多每来客人必不可少。鲁迅先生一边抽着烟，一边剥着瓜子吃，吃完了一碟鲁迅先生必请许先生再拿一碟来。

鲁迅先生备有两种纸烟，一种价钱贵的，一种便宜的，便宜的是绿听子的，我不认识那是什么牌子，只记得烟头上带着黄纸的嘴，每五十枝的价钱大概是四角到五角，是鲁迅先生自己平日用的。另一种是白听子的，是前门烟，用来招待客人的，白烟听放在鲁迅先生书桌的抽屉里。来客人鲁迅先生下楼，把它带到楼下去，客人走了，又带回楼上来照样放在抽屉里。而绿听子的永远放在书桌上，是鲁迅先生随时吸着的。

鲁迅先生的休息，不听留声机，不出去散步，也不倒在床上睡觉，鲁迅先生自己说：

“坐在椅子上翻一翻书就是休息了。”

鲁迅先生从下午两三点钟起就陪客人，陪到五点钟，陪到六点钟，客人若在家吃饭，吃过饭又必要在一起喝茶，或者刚刚喝完茶走了，或者还没走就又来了客人，于是又陪下去，陪到八点钟，十点钟，常常陪到十二点钟。从下午两三点钟起，陪到夜里十二点，这么长的时间，鲁迅先生都是坐在藤躺椅上，不断地吸着烟。

客人一走，已经是下半夜了，本来已经是睡觉的时候了，可是鲁迅先生正要开始工作。在工作之前，他稍微阖一阖眼睛，燃起一支烟来，躺在床边上，这一支烟还没有吸完，许先生差不多就在床里边睡着了（许先生为什么睡得这样快？因为第二天早晨六七点钟就要起来管理家务）。海婴这时也在三楼和保姆一道睡着了。

全楼都寂静下去，窗外也是一点声音没有了，鲁迅先生站起来，坐到书桌边，在那绿色的台灯下开始写文章了。

许先生说鸡鸣的时候，鲁迅先生还是坐着，街上的汽车嘟嘟地叫起来了，鲁迅先生还是坐着。

有时许先生醒了，看着玻璃窗白萨萨的了，灯光也不显得怎样亮了，鲁迅先生的背影不像夜里那样黑大。

鲁迅先生的背影是灰黑色的，仍旧坐在那里。

人家都起来了，鲁迅先生才睡下。

海婴从三楼下来，背着书包，保姆送他到学校去，经过鲁迅先生的门前，保姆总是吩咐他说：

“轻一点走，轻一点走。”

鲁迅先生刚一睡下，太阳就高起来了。太阳照着隔院子的人家，明亮亮的；照着鲁迅先生花园的夹竹桃，明亮亮的。

鲁迅先生的书桌整整齐齐的，写好的文章压在书下边，毛笔在烧瓷的小龟背上站着。

一双拖鞋停在床下，鲁迅先生在枕头边睡着了。

鲁迅先生喜欢吃一点酒，但是不多吃，吃半小碗或一碗。鲁迅先生吃的是中国酒，多半是花雕。

鬼到底是有的是没有的？传说上有人见过，还跟鬼说过话，还有人被鬼在后边追赶过，吊死鬼一见了人就贴在墙上。但没有一个人捉住一个鬼给大家看看。

鲁迅先生讲了他看见过鬼的故事给大家听：

“是在绍兴……”鲁迅先生说，“三十年前……”

那时鲁迅先生从日本读书回来，在一个师范学堂里也不知是什么学堂里教书，晚上没有事时，鲁迅先生总是到朋友家去谈天，这朋友住得离学堂几里路，几里路不算远，但必得经过一片坟地。谈天有的时候就谈得晚了，十一二点钟才回学堂的事也常有。有一天鲁迅先生就回去得很晚，天空有很大的月亮。

鲁迅先生向着归路走得很起劲时，往远处一看，远远有一个白影。

鲁迅先生不相信鬼的，在日本留学时是学的医，常常把死人抬来解剖的，鲁迅先生解剖过二十几个，不但不怕鬼，对死也不怕，所以对于坟地也就根本不怕。仍旧是向前走的。

走了不几步，那远处的白影没有了，再看突然又有了。并且时小时大，时高时低，正和鬼一样。鬼不就是变幻无常的吗？

鲁迅先生有点踌躇了，到底向前走呢？还是回过头来走？本来回学堂不止这一条路，这不过是最近的一条就是了。

鲁迅先生仍是向前走，到底要看一看鬼是什么样，虽然那时候也怕了。

鲁迅先生那时从日本回来不久，所以还穿着硬底皮鞋，鲁迅先生决心要给那鬼一个致命的打击。等走到那白影的旁边时，那白影缩小了，蹲下了，一声不响地靠住了一个坟堆。

鲁迅先生就用了他的硬皮鞋踢出去。

那白影噢的一声叫出来，随着就站起来，鲁迅先生定眼看去，他却是个人。

鲁迅先生说在他踢的时候，他是很害怕的，好像若一下不把那东西踢死，自己反而会遭殃的，所以用了全力踢出去。

原来是个盗墓子的人在坟场上半夜做着工作。

鲁迅先生说到这里就笑了起来。

“鬼也是怕踢的，踢他一脚就立刻变成人了。”

我想，倘若是鬼常常让鲁迅先生踢踢倒是好的，因为给了他一个做人的机会。

从福建菜馆叫的菜，有一碗鱼做的丸子。

海婴一吃就说不新鲜，许先生不信，别的人也都不信。因为那丸子有的新鲜，有的不新鲜，别人吃到嘴里的恰好都是没有改味的。

许先生又给海婴一个，海婴一吃，又是不好的，他又嚷嚷着。别人都不注意，鲁迅先生把海婴碟里的拿来尝尝。果然是不新鲜的。鲁迅先生说：

“他说不新鲜，一定也有他的道理，不加以查看就抹杀是不对的。”

……

以后我想起这件事来，私下和许先生谈过，许先生说：“周先生的做人，真是我们学不了的。那怕一点点小事。”

鲁迅先生包一个纸包也要包到整整齐齐，常常把要寄出的书，鲁迅先生从许先生手里拿过来自己包。许先生本来包得多么好，而鲁迅先生还要亲自动手。

鲁迅先生把书包好了，用细绳捆上，那包方方正正的，连一个角也不准歪一点或扁一点，而后拿起剪刀，把捆书的那绳头都剪得整整齐齐。

就是包这书的纸都不是新的，都是从街上买东西回来留下来的。许先生上街回来把买来的东西一打开随手就把包东西的牛皮纸折起来，随手把小细绳圈了一个圈，若小细绳上有一个疙瘩，也要随手把它解开的。准备着随时用随时方便。

鲁迅先生住的是大陆新村九号。

一进弄堂口，满地铺着大方块的水门汀，院子里不怎样嘈杂，从这院子出入的有时候是外国人，也能够看到外国小孩在院子里零星的玩着。

鲁迅先生隔壁挂着一块大的牌子，上面写着一个“茶”字。

……

1936年3月里鲁迅先生病了，靠在二楼的躺椅上，心脏跳动得比平日厉害，脸色略微灰了一点。

许先生正相反的，脸色是红的，眼睛显得大了，讲话的声音是平静的，态度并没有比平日慌张。在楼下，一走进客厅来许先生就告诉说：

“周先生病了，气喘……喘得厉害，在楼上靠在躺椅上。”

鲁迅先生呼喘的声音，不用走到他的旁边，一进了卧室就听得到的。鼻子和胡须在煽着，胸部一起一落。眼睛闭着，差不多永久不离开手的纸烟，也放弃了。藤躺椅后边靠着枕头，鲁迅先生的头有些向后，两只手空闲地垂着。眉头仍和平日一样没有聚皱，脸上是平静的，舒展的，似乎并没有任何痛苦加在身上。

“来了吗？”鲁迅先生睁一睁眼睛，“不小心，着了凉……呼吸困难……到藏书的房子去翻一翻书……那房子因为没有人住，特别凉……回来就……”

许先生看周先生说话吃力，赶快接着说周先生是怎样气喘的。

医生看过了，吃了药，但喘并未停，下午医生又来过，刚刚走。

卧室在黄昏里边一点一点地暗下去，外边起了一点小风，隔院的树被风摇着发响。别人家的窗子有的被风打着发出自动关开的响声，家家的流水道都是花拉花拉地响着水声，一定是晚餐之后洗着杯盘的剩水。晚餐后该散步的散步去了，该会朋友的会友去了，弄堂里来去的稀疏不断地走着人，而娘姨们还没有解掉围裙呢，就依着后门彼此搭讪起来。小孩子们三五一伙前门后门地跑着，弄堂外汽车穿来穿去。

鲁迅先生坐在躺椅上，沉静的，不动的阖着眼睛，略微灰了的脸色被炉里的火光染红了一点。纸烟听子蹲在书桌上，盖着盖子，茶杯也蹲在桌子上。

许先生轻轻地在楼梯上走着，许先生一到楼下去，二楼就只剩了鲁迅先生一个人坐在椅子上，呼喘把鲁迅先生的胸部有规律性地抬得高高的。

"鲁迅先生必得休息的。"须藤老医生是这样说的。可是鲁迅先生从此不但没有休息，并且脑子里所想的更多了，要做的事情都像非立刻就做不可，校《海上述林》的校样，印珂勒惠支的画，翻译《死魂灵》下部；刚好了，这些就都一起开始了，还计算着出三十年集。

鲁迅先生感到自己的身体不好，就更没有时间注意身体，所以要多做，赶快做，当时大家不解其中的意思，都以为鲁迅先生不加以休息不以为然，后来读了鲁迅先生《死》的那篇文章才了然了。

鲁迅先生知道自己的健康不成了，工作的时间没有几年了，死了是不要紧的，只要留给人类更多，鲁迅先生就是这样。

不久书桌上德文字典和日文字典又都摆起来了，果戈里的《死魂灵》又开始翻译了。

鲁迅先生的身体不大好，容易伤风，伤风之后，照常要陪客人，回信，校稿子。所以伤风之后总要拖下去一个月或半个月的。

《海上述林》校样，1935年冬，1936年的春天，鲁迅先生不断地校着，几十万字的校样，要看三遍，而印刷所送校样来总是十页八页的，并不是统统一道地送来，所以鲁迅先生不断地被这校样催索着，鲁迅先生竟说：

“看吧，一边陪着你们谈话，一边看校样的，眼睛可以看，耳朵可以听……”

有时客人来了，一边说着笑话，一边鲁迅先生放下了笔。有的时候也说：“就剩几个字了……请坐一坐……”

1935年冬天许先生说：

“周先生的身体不如从前了。”

有一次鲁迅先生到饭馆里去请客，来的时候兴致很好，还记得那次吃了一只烤鸭子，整个的鸭子用大钢叉子叉上来时，大家看着这鸭子烤得又油又亮的，鲁迅先生也笑了。

菜刚上满了，鲁迅先生就到竹躺椅上吸一支烟，并且阖一阖眼睛。一吃完了饭，有的喝多了酒的，大家都乱闹了起来，彼此抢着苹果，彼此讽刺着玩，说着一些刺人可笑的话，而鲁迅先生这时候，坐在躺椅上，阖着眼睛，很庄严地在沉默着，让拿在手上纸烟的烟丝，慢慢地上升着。

别人以为鲁迅先生也是喝多了酒吧！

许先生说，并不是的。

“周先生的身体是不如从前了，吃过了饭总要阖一阖眼稍微休息一下，从前一向没有这习惯。”

周先生从椅子上站起来了，大概说他喝多了酒的话让他听到了。

“我不多喝酒的，小的时候，母亲常提到父亲喝了酒，脾气怎样坏，母亲说，长大了不要喝酒，不要像父亲那样子……所以我不多喝的……从来没有喝醉过……”

鲁迅先生休息好了，换了一支烟，站起来也去拿苹果吃，可是苹果没有了。鲁迅先生说：

“我争不过你们了，苹果让你们抢没了。”

有人抢到手的还在保存着的苹果，奉献出来，鲁迅先生没有吃，只在吸烟。

1936年春，鲁迅先生的身体不大好，但没有什么病，吃过了晚饭，坐在躺椅上，总要闭一闭眼睛沉静一会。

许先生对我说，周先生在北京时，有时开着玩笑，手按着桌子一跃就能够跃过去，而近年来没有这么做过，大概没有以前那么灵便了。

这话许先生和我是私下讲的，鲁迅先生没有听见，仍靠在躺椅上沉默着呢。

许先生开了火炉的门，装着煤炭花花地响，把鲁迅先生震醒了。一讲起话来鲁迅先生的精神又照常一样。

鲁迅先生吃饭，是在楼上单开一桌，那仅仅是一个方木盘，许先生每餐亲手端到楼上去，那黑油漆的方木盘中摆着三四样小菜，每样都用小吃碟盛着，那小吃碟直径不过二寸，一碟豌豆苗或菠菜或苋菜，把黄花鱼或者鸡之类也放在小碟里端上楼去，若是鸡，那鸡也是全鸡身上最好的一块地方拣下来的肉，若是鱼，也是鱼身上最好一部分许先生才把它拣下放在小碟里。

许先生用筷子来回地翻着楼下的饭桌上菜碗里的东西，菜拣嫩的，不要茎，只要叶，鱼肉之类，拣烧得软的，没有骨头没有刺的。

心里存着无限的期望，无限的要求，用了比祈祷更虔诚的目光，许先生看着她自己手里选得精精致致的菜盘子，而后脚板触着楼梯上了楼。

希望鲁迅先生多吃一口，多动一动筷，多喝一口鸡汤。鸡汤和牛奶是医生所嘱的，一定要多吃一些的。

把饭送上去，有时许先生陪在旁边，有时走下楼来又做些别的事，半个钟头之后，到楼上去取这盘子。这盘子装得满满的，有时竟照原样一动也没有动又端下来了，这时候许先生的眉头微微地皱了一点。旁边若有什么朋友，许先生就说："周先生的热度高，什么也吃不落，连茶也不愿意吃，人很苦，人很吃力。"

有一天许先生用着波浪式的专门切面包的刀切着一个面包，是在客厅后边方桌上切的，许先生一边切着一边对我说：

"劝周先生多吃些东西，周先生说，人好了再保养，现在勉强吃也是没用的。"

许先生接着似乎问着我：

"这也是对的。"

而后把牛奶面包送上楼去了。一碗烧好的鸡汤，从方盘里许先生把它端出来了。就摆在客厅后的方桌上。许先生上楼去了，那碗热的鸡汤在桌子上自己悠然地冒着热气。

许先生由楼上回来还说呢：

"周先生平常就不喜欢吃汤之类，在病里，更勉强不下了。”

那已经送上去的一碗牛奶又带下来了。

许先生似乎安慰着自己似的：

“周先生人强，欢喜吃硬的，油炸的，就是吃饭也喜欢吃硬饭……”

许先生楼上楼下地跑，呼吸有些不平静，坐在她旁边，似乎可以听到她心脏的跳动。

鲁迅先生开始独桌吃饭以后，客人多半不上楼来了，经许先生婉言把鲁迅先生健康的经过报告了之后就走了。

鲁迅先生在楼上一天一天地睡下去，睡了许多日子就有些寂寞了，有时大概热度低了点就问许先生：

“有什么人来过吗？”

看鲁迅先生精神好些，就一一地报告过。

有时也问到有什么刊物来。

鲁迅先生病了一个多月了。

证明了鲁迅先生是肺病，并且是肋膜炎，须藤老医生每天来了，为鲁迅先生先把肋膜积水用打针的方法抽净，共抽过两三次。

这样的病，为什么鲁迅先生自己一点也不晓得呢，许先生说，周先生有时觉得肋痛了就自己忍着不说，所以连许先生也不知道，鲁迅先生怕别人晓得了又要不放心，又要看医生，医生一定又要说休息。鲁迅先生自己知道做不到的。

福民医院美国医生的检查，说鲁迅先生肺病已经二十年了。这次发了怕是很严重。

医生规定个日子，请鲁迅先生到福民医院去详细检查，要照X光的。

但鲁迅先生当时就下楼是下不得的，又过了许多天，鲁迅先生到福民医院去查病去了。照X光后给鲁迅先生照了一个全部的肺部的照片。

这照片取来的那天许先生在楼下给大家看了，右肺的上尖角是黑的，中部也黑了一块，左肺的下半部都不大好，而沿着左肺的边边黑了一大圈。

这之后，鲁迅先生的热度仍高，若再这样热度不退，就很难抵抗了。

那查病的美国医生，只查病，而不给药吃，他相信药是没有用的。

须藤老医生，鲁迅先生早就认识，所以每天来，他给鲁迅先生吃了些退热的药，还吃停止肺部菌活动的药。他说若肺不再坏下去，就停止在这里，热自然就退了，人是不危险的。

鲁迅先生在四月里，曾经好了一点，有一天下楼去赴一个约会，把衣裳穿得整整齐齐，腋下挟着黑花包袱，戴起帽子来，出门就走。

许先生在楼下正陪客人，看鲁迅先生下来了，赶快说：

“走不得吧，还是坐车子去吧。”

鲁迅先生说：“不要紧，走得动的。”

许先生再加以劝说，又去拿零钱给鲁迅先生带着。

鲁迅先生说不要不要，坚决地就走了。

“鲁迅先生的脾气很刚强。”

许先生无可奈何地，只说了这一句。

鲁迅先生晚上回来，热度增高了。

鲁迅先生说：

“坐车子实在麻烦，没有几步路，一走就到。还有，好久不出去，愿意走走……动一动就出毛病……还是动不得……”

病压服着鲁迅先生又躺下了。

七月里，鲁迅先生又好些。

药每天吃，记温度的表格照例每天好几次在那里画，老医生还是照常地来，说鲁迅先生就要好起来了，说肺部的菌已停止了一大半，肋膜也好了。

客人来差不多都要到楼上来拜望拜望，鲁迅先生带着久病初愈的心情，又谈起话来，披了一张毛巾子坐在躺椅上，纸烟又拿在手里了，又谈翻译，又谈某刊物。

一个月没有上楼去，忽然上楼还有些心不安，我一进卧室的门，觉得站也没有地方站，坐也不知坐在哪里。

许先生让我吃茶，我就倚着桌子边站着，好像没有看见那茶杯似的。

鲁迅先生大概看出我的不安来了，便说：

“人瘦了，这样瘦是不成的，要多吃点。”

鲁迅先生又在说玩笑话了。

“多吃就胖了，那么周先生为什么不多吃点？”

鲁迅先生听了这话就笑了，笑声是明朗的。

从七月以后鲁迅先生一天天地好起来了，牛奶，鸡汤之类，为了医生所嘱也隔三差五地吃着，人虽是瘦了，但精神是好的。

鲁迅先生说自己体质的本质是好的，若差一点的，就让病打倒了。

这一次鲁迅先生保持了很长的时间，没有下楼更没有到外边去过。

在病中，鲁迅先生不看报，不看书，只是安静地躺着。但有一张小画是鲁迅先生放在床边上不断看着的。

那张画，鲁迅先生未生病时，和许多画一道拿给大家看过的，小得和纸烟包里抽出来的那画片差不多。那上边画着一个穿大长裙子飞着头发的女人在大风里边跑，在她旁边的地面上还有小小的红玫瑰花的花朵。

记得是一张苏联某画家着色的木刻。

鲁迅先生有很多画，为什么只选了这张放在枕边？

许先生告诉我的，她也不知道鲁迅先生为什么常常看这小画。

有人来问他这样那样的，他说：

“你们自己学着做，若没有我呢！”

这一次鲁迅先生好了。

还有一样不同的，觉得做事要多做……

鲁迅先生以为自己好了，别人也以为鲁迅先生好了。

准备冬天要庆祝鲁迅先生工作三十年。

又过了三个月。

1936 年 10 月 17 日，鲁迅先生病又发了，又是气喘。

17 日，一夜未眠。

18 日，终日喘着。

19 日，夜的下半夜，人衰弱到极点了。天将发白时，鲁迅先生就像他平日一样，工作完了，他休息了。

纪念志摩去世四周年

林徽因

林徽因（1904—1955），女。出生于浙江杭州。建筑学家和作家，为中国第一位女性建筑学家，同时也被胡适誉为中国一代才女。她与夫婿梁思成用现代科学方法研究中国古代建筑，成为这个学术领域的开拓者，后来在这方面获得了巨大的学术成就，为中国古代建筑研究奠定了坚实的科学基础。文学著作包括散文、诗歌、小说、剧本、译文和书信等，代表作《你是人间的四月天》《莲灯》《九十九度中》等。在林徽因的感情世界里有三个男人，一个是梁思成，一个是诗人徐志摩，一个是学界泰斗、为她终身不娶的金岳霖。

今天是你走脱这世界的四周年！朋友，我们这次拿什么来纪念你？前两次的用 香花感伤的围上你的照片，抑住嗓子底下叹息和悲哽，朋友和朋友无聊的对望着， 完成一种纪念的形式，俨然是愚蠢的失败。因为那时那种近于伤感，而又不够宗教 庄严的举动，除却点明了你和我们中间的距离，生和死的间隔外，实在没有别的成效；几乎完全不能达到任何真实纪念的意义。

去年今日我意外的由浙南路过你的家乡，在昏沉的夜色里我独立火车门外，凝 望着那幽暗的站台，默默的回忆许多不相连续的过往残片，直到生和死间居然幻成 一片模糊，人生和火车似的蜿蜒一串疑问在苍茫间奔驰。我想起你的：

火车擒住轨，在黑夜里奔
过山，过水，过……

如果那时候我的眼泪曾不自主的溢出睫外，我知道你定会原谅我的。你应当相 信我不会向悲哀投降，什么时候我都相信倔强的忠于生的，即使人生如你底下所说：

就凭那精窄的两道，算是轨，
驮着这份重，梦一般的累赘！

就在那时候我记得火车慢慢的由站台拖出一程一程的前进，我也随着酸怆的诗意，那“车的呻吟”，“过荒野，过池塘，……过噤口的村庄”。到了第二站—— 我的一半家乡。

今年又轮到今天这一个日子！世界仍旧一团糟，多少地方是黑云布满粗着筋络 望理想的反面猛进，我并不在瞎说，当我写：

信仰只一细炷香，
那点子亮再经不起西风
沙沙的隔着梧桐树吹

朋友，你自己说，如果是你现在坐在我这位子上，迎着这一窗太阳：眼看着菊 花影在墙上描画作态；手臂下倚着两叠今早的报纸；耳朵里不时隐隐的听着朝阳门 外“打靶”的枪弹声；意识的，潜意识的，要明白这生和死的谜，你又该写成怎样一首诗来，纪念一个死别的朋友？

此时，我却是完全的一个糊涂！习惯上我说，每桩事都像是造物的意旨，归根 都是运命，但我明知道每桩事都像有我们自己的影子在里面烙印着！我也知道每一 个日子是多少机缘巧合凑拢来拼成的图案，但我也疑问其间的排布谁是主宰。据我 看来：死是悲剧的一章，生则更是一场悲剧的主干！我们这一群剧中的角色自身性 格与性格矛盾；理智与情感两不相容；理想与现实当面冲突，侧面或反面激成悲哀。

日子一天一天向前转，昨日和昨日堆垒起来混成一片不可避脱的背景，做成我们周 遭的墙壁或气氲，那么结实又那么飘缈，使我们每一个人站在每一天的每一个时候 里都是那么主要，又是那么渺小无能为！

此刻我几乎找不出一句话来说，因为，真的，我只是个完全的糊涂；感到生和 死一样的不可解，不可懂。

但是我却要告诉你，虽然四年了你脱离去我们这共同活动的世界，本身停掉参 加牵引事体变迁的主力，可是谁也不能否认，你仍立在我们烟涛渺茫的背景里，间 接的是一种力量，尤其是在文艺创造的努力和信仰方面。间接的你任凭自然的音韵，

颜色，不时的风轻月白，人的无定律的一切情感，悠断悠续的仍然在我们中间继续 着生，仍然与我们共同交织着这

生的纠纷，继续着生的理想。你并不离我们太远。

你的身影永远挂在这里那里，同你生前一样的心旋转。

说到您的诗，朋友，我正要正经的同你再说一些话。你不要不耐烦，这话迟早 我们总要说清的。人说盖棺定论，前者早已成了事实，这后者在这四年中，说来叫 人难受，我还未曾谈到一篇中肯或诚实的论评，虽然对你的赞美和攻讦由你去世后 一两周间，就纷纷开始了。但是他们每人手里拿的都不像纯文艺的天秤；有的喜欢 你的为人；有的疑问你私人的道德；有的单单尊崇你诗中所表现的思想哲学，有的 仅喜爱那些软弱的细致的句子，有的每发议论必须牵涉到你的个人生活之合乎规矩

方圆，或断言你是轻薄，或引证你是浮奢豪侈！朋友，我知道你从不介意过这些， 许多人的浅陋老实或刻薄处你早就领略过一堆，你不止未曾生过气，并且常常表示 怜悯同原谅；你的心情永远是那么洁净；头老抬得那么高；胸中老是那么完整的诚 挚；臂上老有那么许多不折不挠的勇气。但是现在的情形与以前却稍稍不同，你自己既已不在这里，做你朋友的，眼看着你被误解，曲解，乃至于谩骂，有时真忍不住替你不平。

但你可别误会我心眼儿窄，把不相干的看成重要，我也知道误解曲解谩骂，都是不相干的，但是朋友，我们谁都需要有人了解我们的时候，真了解了我们，即使 是痛下针砭，骂着了我们的弱处错处，那整个的我们却因而更增添了意义，一个作 家文艺的总成绩更需要一种就文论文，就艺术论艺术的和平判断。

你在《猛虎集》序中说“世界上再没有比写诗更惨的事，”你却并未说明为什 么写诗是一桩惨事，现在让我来个注脚好不好？我看一个人一生为着一个愚诚的倾 向，把所感受到的复杂的情绪尝味到的生活，放到自己的理想和信仰的锅炉里烧炼 成几句悠扬铿锵的语言（哪怕是几声小唱），来满足他自己本能的艺术的冲动，这本来是个极寻常的事，那一个地方那一个时代，都不断有这种人。轮着做这种人的多半是为着他情感来的比寻常人浓富敏锐，而为着这情感而发生的冲动更是非实 际的——或不全是实际的——追求。而需要那种艺术的满足而已。说起来写诗的人 的动机多么简单可怜，正是如你序里所说“我们都是受支配的善良的生灵”！虽然 有些诗人因为他们的成绩特别高厚旷阔包括了多数人，或整个时代的艺术和思想的冲动，从此便在人中间披上神秘的光圈，使“诗人”两字无形中挂着崇高的色彩。

这样使一般努力于用韵文表现或描画人在自然万物相交错的情绪思想的，便被人的 成见看作夸大狂的旗帜需要同时代人的极冷酷的讥讪和不信任来扑灭它，以挽救人 类的尊严和健康。

我承认写诗是惨淡经营，孤立在人中挣扎的勾当，但是因为我知道太清楚了。

你在这上面单纯的信仰和诚恳的尝试，为同业者奋斗，卫护他们情感的愚诚，称扬 他们艺术的创造自己从未曾求过虚荣，我觉得你始终是很逍遥舒畅的。如你自己所

说“满头血水”你“仍不曾低头”，你自己相信“一点性灵还在那里挣扎”，“还 想在实际生活的重重压迫下透出

一些声响来”。

简单的说，朋友，你这写诗的动机是坦白不由自主的，你写诗的态度是诚实，勇敢，而倔强的。这在讨论你诗的时候，谁都先得明了的。

至于你诗的技巧问题，艺术上的造诣，在几乎没有一定的定义时代，转入这讨 论外形内容，以至于音节韵脚章句意象组织等艺术技巧问题的时期，即是根据着对 这方面努力尝试过的那一些诗，你的头两个诗集子就是供给这些讨论见解最多材料 的根据。外国的土话说“马总得放在马车的前面”，不是？没有一些尝试的成绩放 在那里，理论家是不能老在那里发一堆空头支票的，不是？

你自己一向不止在那里倔强的尝试用功，你还曾用尽你所有活泼的热心鼓励别 人尝试，鼓励“时代”起来尝试，——这种工作是最犯风头嫌疑的，也只有你胆子 大头皮硬顶得下来！我还记得你要印诗集子时我替你捏一把汗，老实说还替你在有 文采的老前辈中间难为情过，我也记得我初听到人家找你办晨副时我的焦急，但你 居然板起个脸抓起两把鼓锤子为文艺吹打开路乃至于扫地，铺鲜花，不顾旧势力的 非难，新势力的怀疑，你干你的事“事在人为，做了再说”那股子劲，以后别处也 还很少见。

现在你走了这些事渐渐在人的记忆中模糊下来，你的诗和文也散漫在各小本集 予里压在有极新鲜的封皮的新书后面，谁说起你来，不是麻麻糊糊的承认你是过去 中一个势力，就是拿能够挑剔看轻你的诗为本事（散文人家很少提到，或许“散文 家”没有诗人那么光荣不值得注意）朋友，这是没法子的事，我却一点不为此灰心，因为我有我的信仰。

我认为我们这写诗的动机既如前边所说那么简单愚诚；因在某一时，或某一刻敏锐的接触到生活上的锋芒，或偶然的触遇到理想峰巅上云彩星霞，不由得不在我 们所习惯的语言中，编缀出一两串近于音乐的句子来，慰藉自己，解放自己，去追 求超实际的真美，读诗者的反应一定有一大半也和我们这写诗的一样诚实天真，仅 想在我们句子中间由音乐性的愉悦，接触到一些生活的底蕴掺和着美丽的憧憬；把 我们的情绪给他们的情绪搭起一座浮桥，把我们的灵感，给他们生活添些新鲜；把 我们的痛苦伤心再揉成他们自己忧郁的安慰！

我们的作品会不会长存下去，也就看它们会不会活在那一些我们从不认识的人，我们作品的读者，散在各时，各处互相不认识的孤单的人的心里的，这种事它自己有自己的定律，并不需要我们的关心的。你的诗据我所知道的，它们仍旧在这里浮沉流落，你的影子也就浓淡参差的系在那些诗句中，另一端印在许多不相识人的心 里。朋友，你不要过于看轻这种间接的生存，许多热情的人他们会而加增了生的意识的。伤心的仅是那些你最亲热的朋友们和同兴趣的努力者，你不 在他们中间的事实，将要永远是个不能填补的空虚。

你走后大家就提议要为你设立一个“志摩奖金”来继续你鼓励人家努力诗文的素志，勉强象征你那种对于文艺创造拥护的热心，使不及认得你的青年人永远对你保存着亲热。如果这事你不觉到太寒碜不够热气，我希望你原谅你这些朋友们的苦心，在冥冥之中笑着给我们勇气来做这一蠢诚的事吧。

胡 同

朱 湘

朱湘（1904—1933），原籍安徽太湖，生于湖南沅陵，父母早逝。1925 年出版第一本诗集《夏天》。1926 年自办刊物《新文》，只刊载自己创作的诗文及翻译的诗歌，自己发行。因经济桔据，只发行了两期。1937 年第二本诗集《草莽》出版。散文集有《中书集》、《朱湘书信集》等。

我曾经向子惠说过，词不仅本身有高度的美，就是它的牌名，都精巧之至。即如《渡江云》、《荷叶杯》、《摸鱼儿》、《真珠帘》《眼儿媚》、《好事近》这些词牌名，一个就是一首好词。我常时翻开词集，并不读它，只是拿着这些词牌名慢慢的咀嚼。那时我所得的乐趣，真不下似读绝句或是嚼橄揽。京中胡同的名称，与词牌名一样，也常时在寥寥的两三字里面，充满了色彩与暗示，好像龙头井、骑河楼等等名字，它们的美是毫不差似《夜行船》、《恋绣衾》等等词牌名的。

胡同是衚衕的省写。据文字学者说，是与上海的弄一同源自巷字。元人李好古作的《张生煮海》一曲之内，曾经提到羊市角头砖塔儿衚衕，这两个字入文，恐怕要算此曲最早

了。各胡同中，最为国人所知的，要算八大胡同；这与唐代长安的北里，清末上海的四马路的出名，是一个道理。

京中的胡同有一点最引人注意，这便是名称的重复：口袋胡同、苏州胡同、梯子胡同、马神庙、弓弦胡同，到处都是，与王麻子。乐家老铺之多一样，令初来京中的人，极其感到不便，然而等我们知道了口袋胡同是此路不通的死胡同，与“闷葫芦瓜儿”“蒙福禄馆”是一件东西。苏州胡同是京人替住有南方人不管他们的籍贯是杭州或是无锡的街巷取的名字。弓弦胡同是与弓背胡同相对而定的象形的名称。以后我们便会觉得这些名字是多么有色彩，是多么胜似纽约的那些单调的什么 Fifth Avenue，Fourteenth Street，以及上海的侮辱我国的按通商五口取名的什么南京路、九江路。那时候就是被全国中最稳最快的京中人力车夫说一句：“先儿，你多给两子儿，”也是得偿所失的。尤其是苏州胡同一名，它的暗示力极大。因为在当初，交通不便的时候，南方人很少来京，除去举子；并且很少住京，除去京官。南边话同京白又相差的那般远，也难怪那些生于斯、卒于斯、眼里只有北京、耳里只有北京的居民，将他们聚居的胡同，定名为苏州胡同了。（苏州的土白，是南边话中最特彩的；女子是全国中最柔媚的。）梯子胡同之多，可以看出当初有许多房屋是因山而筑，那街道看去是如梯子似的。京中有很多的马神庙，也可令我们深思，何以龙王庙不多，偏多马神庙呢？何以北京有这么多马神庙，南京却一个也不见呢？南人乘舟，北人乘马，我们记得北京是元代的都城，那铁蹄直踏进中欧的鞑担，正是修建这些庙宇的人呢？燕昭王为骏骨筑黄金台，那可以说是京中的第一座马神庙了。

京中的胡同有许多以井得名。如上文提及的龙头井以及甜水井、苦水井、二眼井、三眼井、四眼井、井儿胡同、南井胡同、北井胡同、高井胡同、王府井等等，这是因为北方水份稀少，煮饭、烹茶、洗衣、沐面，水的用途又极大，所以当时的人，用了很笨缓的方法，凿出了一口井之后，他们的快乐是不可言状的，于是以井名街，纪念成功。

胡同的名称，不特暗示出京人的生活与想像，还有取灯胡同、妞妞房等类的胡同。不懂京话的人，是不知何所取意的。并且指点出京城的沿革与区分：羊市、猪市、骡马市、驴市、礼士胡同、菜市、缸瓦市，这些街名之内，除去猪市尚存旧意之外，其余的都已改头换面，只能让后来者凭了一些虚名来悬拟当初这几处地方的情形了。户部街、太仆寺街、兵马司、缎司、銮舆卫、织机卫、细砖厂、箭厂，谁看到了这些名字，能不联想起那辉煌的过去，而感觉一种超现实的兴趣？

黄龙瓦、朱垩墙的皇城，如今已将拆毁尽了。将来的人，只好凭了皇城根这一类的街名，来揣想那内城之内、禁城之外的一圈皇城的位置罢？那丹青照耀的两座单牌楼呢？那形影深嵌在我童年想像中的壮伟的牌楼呢？它们那里去了？看看那驼背龟皮的四牌楼，它们手拄着拐杖，身躯不支的，不久也要追随早夭的兄弟于地下了！

破坏的风沙，卷过这全个古都，甚至不与人争韬声匿影如街名的物件，都不能免于此厄。那富于暗示力的劈柴胡同，被改作辟才胡同了；那有传说作背景的烂面胡同，被改作斓缦胡同了；那地方色彩浓厚的蝎子庙，被改作协资庙了。没有一个不是由新奇降为平庸，由优美流为劣下。狗尾巴胡同改作高义伯胡同，鬼门关改作贵人关，勾阑胡同改作钩帘胡同，大脚胡同改作达教胡同：这些说不定都是巷内居者要改的，然而他们也未免太不达教了。阮大铖在南京的裤裆巷，伦敦的 Botten Row 为贵族所居之街，都不曾听说他们要改街名，难道能达观的只有古人与西人吗？内丰的人外啬一点，并无轻重。司马相如是一代的文人，他的小名却叫犬子。《子不语》书中说，当时有狗氏兄弟中举。庄子自己愿意为龟。颐和园中慈禧后居住的乐寿堂前立有龟石。古人的达观，真是值得深思的。

北平年景

梁实秋

梁实秋（1903—1987），祖籍浙江杭县，生于北京。20 世纪 20 年代开始诗歌创作，为“新月派”成员之一。20 世纪 40 年代以散文小品知名于世，陆续出版《雅舍小品》《雅舍杂文》《雅舍谈吃》《秋室杂文》《实秋文存》《谈徐志摩》《谈闻一多》《清华八年》、《看云集》《槐园梦忆》《西雅图杂记》《菁秋琐记》等近二十本散文集。梁实秋学贯中西，除散文小品与文艺评论外，还翻译了《莎士比亚全集》四十卷，编写了三十多种英文辞典和教科书。梁实秋散文集文人散文与学者散文的特点于一体，旁征博引，内蕴丰盈，行文崇尚简洁，重视文调，追求“绚烂之极趋于平淡”的艺术境界及文调雅洁与感情渗入的有机统一。且因洞察人生百态，文笔机智闪烁，谐趣横生，严肃中见幽默，幽默中见文采。晚年怀念故人、思恋故土的散文更写得深沉浓郁，感人至深。

过年须要在家乡里才有味道，羁旅凄凉，到了年下只有长吁短叹的份儿，还能有半点欢乐的心情？而所谓家，至少要有老小二代，若是上无双亲，下无儿女，只剩下伉俪一对，大眼瞪小眼，相敬如宾，还能制造什么过年的气氛？北平远在天边，徒萦梦想，童时过年风景，尚可回忆一二。

祭灶过后，年关在你迩。家家忙着把锡香炉，锡蜡签，锡果盘，锡茶托，从蛛网尘封的箱子里取出来，作一年一度的大擦洗。宫灯，纱灯，牛角灯，一齐出笼。年货也是要及早备办的，这包括厨房里用的干货，拜神祭祖用的苹果干果等等，屋里供养的牡丹水仙，孩子们吃的粗细杂拌儿。蜜供是早就在白云观订制好了的，到时候用纸糊的大筐篓一碗一碗的装着送上门来。家中大小，出出进进，如中风魔。主妇当然更有额外负担，要给大家制备新衣新鞋新袜，尽管是布鞋布袜布大衫，总要上下一新。

祭祖先是过年的高潮之一。祖先的影像悬挂在厅堂之上，都是七老八十的，有的撇嘴微笑，有的金刚怒目，在香烟缭绕之中，享用供品，这时节孝子贤孙叩头如捣蒜，其实亦不知所为何来，慎终追远的意思不能说没有，不过大家忙的是上供，拈香，点烛，磕头，紧接着是撤供，围着吃年夜饭，来不及慎终追远。

吃是过年的主要节目。年菜是标准化了的，家家一律。人口旺的人家要进全猪，连下水带猪头，分别处理下咽。一锅纯肉，加上蘑菇是一碗，加上粉丝又是一碗，加上山药又是一碗，大盆的芥末墩儿，鱼冻儿，内皮辣酱，成缸的大腌白菜，芥菜疙瘩，——管够，初一不动刀，初五以前不开市，年菜非囤集不可，结果是年菜等于剩菜，吃倒了胃口而后已。

“好吃不过饺子，舒服不过倒着”，这是乡下人说的话，北平人称饺子为“煮饽饽”。城里人也把煮饽饽当做好东西，除了除夕宵夜不可少的一顿之外，从初一至少到初三，顿顿煮饽饽，直把人吃得头昏脑涨。这种疲劳填充的方法颇有道理，可以使你长期的不敢再对煮饽饽妄动食指，直等到你淡忘之后明年再说。除夕宵夜的那一顿，还有考究，其中一只要放进一块银币，谁吃到那一只主交好运。家里有老祖母的，年年是她老人家幸运的一口咬到。谁都知道其中作了手脚，谁都心里有数。

孩子们须要循规蹈矩，否则便成了野孩子，唯有到了过年时节可以沐恩解禁，任意的作孩子状。除夕之夜，院里洒满了芝麻秸儿，孩子们践踏得咯吱咯吱响，是为“踩岁”。闹得筋疲力竭，睡前给大人请安，是为“辞岁”。大人摸出点什么作为赏赍，是为“压岁”。

新正是一年复始，不准说丧气话，见面要道一声“新禧”。房梁上有“对我生财”的横批，柱子上有“一入新春万事如意”的直条，天棚上有“紫气东来”的斗方，大门上有“国恩家庆人寿年丰”的对联。墙上本来不大干净的，还可以贴上几张年画，什么“招财进宝”，“肥猪拱门”，都可以收补壁之效。自己心中想要获得的，写出来画出来贴在墙上，俯仰之间仿佛如意算盘业已实现了！

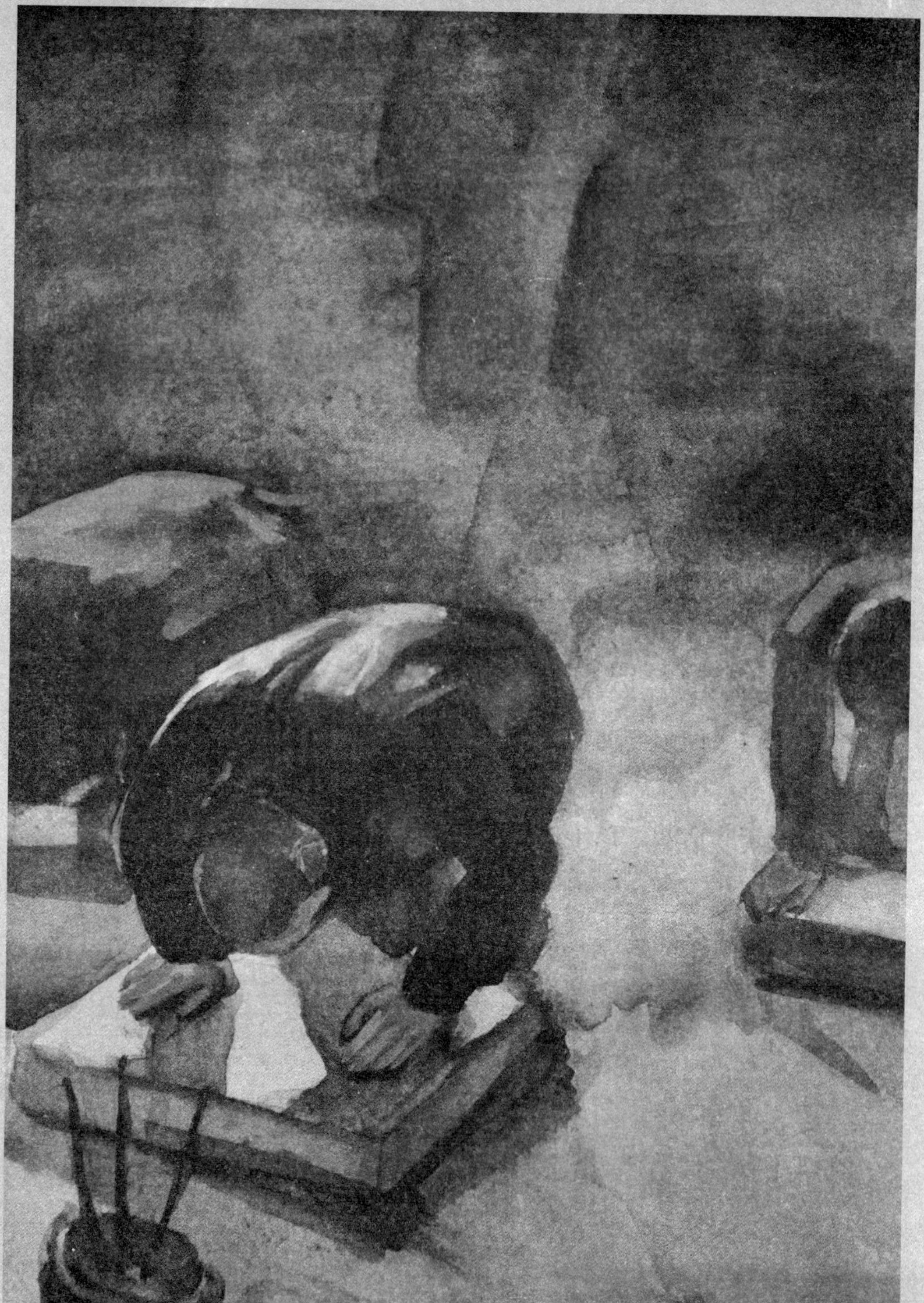

好好的人家没有赌博的。打麻将应该到八大胡同去，在那里有上好的骨牌，硬木的牌桌，还有佳丽环列。但是过年则几乎家家开赌，推牌九、状元红、呼幺喝六，老少咸宜。赌禁的开放可以延长到元宵，这是唯一的家庭娱乐。孩子们玩花炮是没有腻的。九隆斋的大花盒，七层的九层的，花样翻新，直把孩子看得瞪眼咋舌。冲天炮、二踢脚、太平花、飞天七响、炮打襄阳，还有我们自以为值得骄傲的可与火箭媲美的“旗火”，从除夕到天亮彻夜不绝。

街上除了油盐店门上留个小窟窿外，商店都上板，里面常是锣鼓齐鸣，狂擂乱敲，无板无眼，据说是伙计们在那里发泄积攒一年的怨气。大姑娘小媳妇擦脂抹粉的全出动了，三河县的老妈儿都在头上插一朵颤巍巍的红绒花。凡是有大姑娘小媳妇出动的地方就有更多的毛头小伙子乱钻乱挤。于是厂甸挤得水泄不通，海王村里除了几个露天茶座坐着几个直流鼻涕的小孩之外并没有什么可看，但是入门处能挤死人！火神庙里的古玩玉器摊，土地祠里的书摊画棚，看热闹的多，买东西的少。赶着天晴雪霁，满街泥泞，凉风一吹，又滴水成冰，人们在冰雪中打滚，甘之如饴。“喝豆汁儿，就咸菜儿，琉璃喇叭大沙雁儿”，对于大家还是有足够的诱惑。此外如财神庙、白云观、雍和宫，都是人挤人，人看人的局面，去一趟把鼻子耳朵冻得通红。

新年狂欢拖到十五。但是我记得有一年提前结束了几天，那便是“民国元年”，阴历的正月十二日，在普天同庆声中，袁世凯嗾使北军第三镇曹锟驻禄米仓部队哗变掠劫平津商民两天。这开国后第一个惊人的年景使我到如今不能忘怀。

听听那冷雨

余光中

余光中，祖籍福建永春，1928年10月21日生于江苏南京，在秣陵路小学读书（原崔八巷小学），1947年入金陵大学外语系（后转入厦门大学），1948年随父母迁香港，次年赴台，就读于台湾大学外文系。1952年毕业。1953年，与覃子豪、钟鼎文等共创“蓝星”诗社。后赴美进修，获爱荷华大学艺术硕士学位。后任台湾师大、台湾大学及香港中文大学教授等职。

惊蛰一过，春寒加剧。先是料料峭峭，继而雨季开始，时而淋淋漓漓，时而淅淅沥沥，天潮潮地湿湿，即连在梦里，也似乎有把伞撑着。而就凭一把伞，躲过一阵潇潇的冷雨，也躲不过整个雨季。连思想也都是潮润润的。每天回家，曲折穿过金门街到厦门街迷宫式的长巷短巷，雨里风里，走入霏霏令人更想入非非。想这样子的台北凄凄切切完全是黑白片的味道，想整个中国整部中国的历史无非是一张黑白片子，片头到片尾，一直是这样下着雨的。这种感觉，不知道是不是从安东尼奥尼那里来的。不过那一块土地是久违了，二十五年，四分之一的世纪，即使有雨，也隔着千山万山，千伞万伞。二十五年，一切都断了，只有气候，只有气象报告还牵连在一起，大寒流从那块土地上弥天卷来，这种酷冷吾与古大陆分担。不能扑进她怀里，被她的裾边扫一扫吧也算是安慰孺慕之情。……

这样想时，严寒里竟有一点温暖的感觉了。这样想时，他希望这些狭长的巷子永远延伸下去，他的思路也可以延伸下去，不是金门街到厦门街，而是金门到厦门。他是厦门人，至少是广义的厦门人，二十年来，不住在厦门，住在厦门街，算是嘲弄吧，也算是安慰。不过说到广义，他同样也是广义的江南人，常州人，南京人，川娃儿，五陵少年。杏花春雨江南，那是他的少年时代了。再过半个月就是清明。安东尼奥尼的镜头摇过去，摇过去又摇过来。残山剩水犹如是。皇天后土犹如是。纭纭黔首纷纷黎民从北到南犹如是。那里面是中国吗？那里面当然还是中国永远是中国。只是杏花春雨已不再，牧童遥指已不再，剑门细雨渭城轻尘也都已不再。然则他日思夜梦的那片土地，究竟在哪里呢？

在报纸的头条标题里吗？还是香港的谣言里？还是傅聪的黑键白键马思聪的跳弓拨弦？还是安东尼奥尼的镜底勒马洲的望中？还是呢，故宫博物院的壁头和玻璃柜内，京戏的锣鼓声中太白和东坡的韵里？

杏花。春雨。江南。六个方块字，或许那片土就在那里面。而无论赤县也好神州也好中国也好，变来变去，只要仓颉的灵感不灭，美丽的中文不老，那形象磁石般的向心力当必然长在。因为一个方块字是一个天地。太初有字，于是汉族的心灵他祖先的回忆和希望便有了寄托。譬如凭空写一个“雨”字，点点滴滴，滂滂沱沱，淅淅沥沥，一切云情雨意，就宛然其中了。视觉上的这种美感，岂是什么英文，日文，俄文所能满足？翻开一部《辞源》或《辞海》，金木水火土，各成世界，而一入“雨”部，古神州的天颜千变万化，便悉在望中，美丽的霜雪云霞，骇人的雷电霹雹，展露的无非是神的好脾气与坏脾气，气象台百读不厌门外汉百思不解的百科全书。

听听，那冷雨。看看，那冷雨。嗅嗅闻闻，那冷雨，舔舔吧，那冷雨。雨下在他的伞上这城市百万人的伞上雨衣上屋上天线上，雨下在基隆港在防波堤海峡的船上，清明这季雨。雨是女性，应该最富于感性。雨气空蒙而迷幻，细细嗅嗅，清清爽爽新新，有一点薄荷的香味，浓的时候，竟发出草和树林沐浴之后特有的腥气，也许那尽是蚯蚓和蜗牛的腥气吧，毕竟是惊蛰了啊。也许地上的地下的生命也许古中国层层叠叠的记忆皆蠢蠢而蠕，也许是植物的潜意识和梦，那腥气。

第三次去美国，在高高的丹佛他山居住了两年。美国的西部，多山多沙漠，千里干旱，天，蓝似安格罗萨克逊人的眼睛，地，红如印第安人的肌肤，云，却是罕见的白鸟，落基山簇簇耀目的雪峰上，很少飘云牵雾。一来高，二来干，三来森林线以上，杉柏也止步，中国诗词里“荡胸生层云”或是“商略黄昏雨”的意趣，是落基山上难睹的景象。落基山岭之胜，在石，在雪。那些奇岩怪石，相叠互倚，砌一场惊心动魄的雕塑展览，给太阳和千里的风看。那雪，白得虚虚幻幻，冷得清清醒醒，那股皑皑不绝一仰难尽的气势，压得人呼吸困难，心寒眸酸。不过要领略“白云回望合，青霭入看无”的境界，仍须来中国。台湾湿度很高，最富云情雨意迷离的情调。两度夜宿溪头，树香沁鼻，宵寒袭肘，枕着润碧湿翠苍苍交叠的山影和万赖都歇的俱寂，仙人一样睡去。山中一夜饱雨，次晨醒来，在旭日未升的原始幽静中，冲着隔夜的寒气，踏着满地的断柯折枝和仍在流泻的细股雨水，一径探入森林的秘密，曲曲弯弯，步上山去。溪头的山，树密雾浓，蓊郁的水汽从谷底冉冉升起，时稠时稀，蒸腾多姿，幻化无定，只能从雾破云开的空处，窥见乍现即隐的一峰半壑，要纵览全貌，几乎是不可能的。至少上山两次，只能在白茫茫里和溪头诸峰玩捉迷藏的游戏。回到台北，世人问起，除了笑而不答心自问，故作神秘之外，实际的印象，也无非山在虚无之间罢了。云萦烟绕，山隐水迢的中国风景，由来予人宋画的韵味。那天下也许是赵家的天下，那山水却是米家的山水。而究竟，是米氏父子下笔像中国的山水，还是中国的山水上纸像宋画，恐怕是谁也说不清楚了吧？

雨不但可嗅，可亲，更可以听。听听那冷雨。听雨，只要不是石破天惊的台风暴雨，在听觉上总是一种美感。大陆上的秋天，无论是疏雨滴梧桐，或是骤雨打荷叶，听去总有一点凄凉，凄清，凄楚，于今在岛上回味，则在凄楚之外，再笼上一层凄迷了，饶你多少豪情侠气，怕也经不起三番五次的风吹雨打。一打少年听雨，红烛昏沉。再打中年听雨，客舟中江阔云低。三打白头听雨的僧庐下，这便是亡宋之痛，一颗敏感心灵的一生：楼上，江上，庙里，用冷冷的雨珠子串成。十年前，他曾在一场摧心折骨的鬼雨中迷失了自己。雨，该是一滴湿漓漓的灵魂，在窗外喊谁。

雨打在树上和瓦上，韵律都清脆可听。尤其是铿铿敲在屋瓦上，那古老的音乐，属于中国。王禹偁在黄冈，破如椽的大竹为屋。据说住在竹楼里面，急雨声如瀑布，密雪声比碎玉，而无论鼓琴，咏诗，下棋，投壶，共鸣的效果都特别好。这样岂不像是住在竹筒里，任何细脆的声响，怕都会加倍夸大，反而令人耳朵过敏吧。

雨天的屋瓦，浮漾湿湿的流光，灰而温柔，迎光则微明，背光则幽暗，对于视觉，是一种低沉的安慰。至于雨敲在鳞鳞千瓣的瓦上，由远而近，轻轻重重轻轻，夹着一股股的细流沿瓦槽与屋檐潺潺泻下，各种敲击音与滑音密织成网，谁的千指百指在按摩耳轮。“下雨了”，温柔的灰美人来了，她冰冰的纤手在屋顶拂弄着无数的黑键啊灰键，把晌午一下子奏成了黄昏。

在古老的大陆上，千屋万户是如此。二十多年前，初来这岛上，日式的瓦屋亦是如此。先是天暗了下来，城市像罩在一块巨幅的毛玻璃里，阴影在户内延长复加深。然后凉凉的水意弥漫在空间，风自每一个角落里旋起，感觉得到，每一个屋顶上呼吸沉重都覆着灰云。雨来了，最轻的敲打乐敲打这城市。苍茫的屋顶，远远近近，一张张敲过去，古老的琴，那细细密密的节奏，单调里自有一种柔婉与亲切，滴滴点点滴滴，似幻似真，若孩时在摇篮里，一曲耳熟的童谣摇摇欲睡，母亲吟哦鼻音与喉音。或是在江南的泽国水乡，一大筐绿油油的桑叶被噬于千百头蚕，细细琐琐屑屑，口器与口器咀咀嚼嚼。雨来了，雨来的时候瓦这么说，一片瓦说千亿片瓦说，说轻轻地奏吧沉沉地弹，徐徐地叩吧挞挞地敲，间间歇歇敲一个雨季，即兴演奏从惊蛰到清明，在零落的坟上冷冷奏挽歌，一片瓦吟千亿片瓦吟。

在旧式的古屋里听雨，听四月，霏霏不绝的黄梅雨，朝夕不断，旬月绵延，湿黏黏的苔藓从石阶下一直侵到舌底，心底。到七月，听台风台雨在古屋顶一夜盲奏，千层海底的热浪沸沸被狂风挟持，掀翻整个太平洋只为向他的矮屋檐重重压下，整个海在他的蝎壳上哗哗泻过。不然便是雷雨夜，白烟一般的纱帐里听羯鼓一通又一通，滔天的暴雨滂滂沛沛扑来，强劲的电琵琶忐忐忑忑忐忐忑忑，弹动屋瓦的惊悸腾腾欲掀起。不然便是斜斜的西北雨斜斜刷在窗玻璃上，鞭在墙上打在阔大的芭蕉叶上，一阵寒潮泻过，秋意便弥漫旧式的庭院了。

在旧式的古屋里听雨，春雨绵绵听到秋雨潇潇，从少年听到中年，听听那冷雨。雨是一种单调而耐听的音乐是室内乐是室外乐，户内听听，户外听听，冷冷，那音乐。雨是一种回忆的音乐，听听那冷雨，回忆江南的雨下得满地是江湖下在桥上和船上，也下在四川在秧田和蛙塘，下肥了嘉陵江下湿布谷咕咕的啼声，雨是潮潮润润的音乐下在渴望的唇上，舔舔吧那冷雨。

因为雨是最最原始的敲打乐从记忆的彼端敲起。瓦是最最低沉的乐器灰蒙蒙的温柔覆盖着听雨的人，瓦是音乐的雨伞撑起。但不久公寓的时代来临，台北你怎么一下子长高了，瓦的音乐竟成了绝响。千片万片的瓦翩翩，美丽的灰蝴蝶纷纷飞走，飞入历史的记忆。现在雨下下来下在水泥的屋顶和墙上，没有音韵的雨季。树也砍光了，那月桂，那枫树，柳树和擎天的巨椰，雨来的时候不再有丛叶嘈嘈切切，闪动湿湿的绿光迎接。鸟声减了啾啾，蛙声沉了咯咯，秋天的虫吟也减了唧唧。七十年代的台北不需要这些，一个乐队接一个乐队便遣散尽了。要听鸡叫，只有去诗经的韵里找。现在只剩下一张黑白片，黑白的默片。

正如马车的时代去后，三轮车的时代也去了。曾经在雨夜，三轮车的油布篷挂起，送她回家的途中，篷里的世界小得可爱，而且躲在警察的辖区以外，雨衣的口袋越大越好，盛得下他的一只手里握一只纤纤的手。台湾的雨季这么长，该有人发明一种宽宽的双人雨衣，一人分穿一只袖子，此外的部分就不必分得太苛。而无论工业如何发达，一时似乎还废不了雨伞。只要雨不倾盆，风不横吹，撑一把伞在雨中仍不失古典的韵味。任雨点敲在黑布伞或是透明的塑胶伞上，将骨柄一旋，雨珠向四方喷溅，伞缘便旋成了一圈飞檐。跟女友共一把雨伞，该是一种美丽的合作吧。最好是初恋，有点兴奋，更有点不好意思，若即若离之间，雨不妨下大一点。真正初恋，恐怕是兴奋得不需要伞的，手牵手在雨中狂奔而去，把年轻的长发和肌肤交给漫天的淋淋漓漓，然后向对方的唇上颊上尝甜甜的雨水。不过那要非常年轻且激情，同时，也只能发生在法国的新潮片里吧。

大多数的雨伞想不会为约会张开。上班下班，上学放学，菜市来回的途中。现实的伞，灰色的星期三。握着雨伞。他听那冷雨打在伞上。索性更冷一些就好了，他想。索性把湿湿的灰雨冻成干干爽爽的白雨，六角形的结晶体在无风的空中回回旋旋地降下来。等须眉和肩头白尽时，伸手一拂就落了。二十五年，没有受故乡白雨的祝福，或许发上下一点白霜是一种变相的自我补偿吧。一位英雄，经得起多少次雨季？他的额头是水成岩削成还是火成岩？他的心底究竟有多厚的苔藓？厦门街的雨巷走了二十年与记忆等长，一座无瓦的公寓在巷底等他，一盏灯在楼上的雨窗子里，等他回去，向晚餐后的沉思冥想去整理青苔深深的记忆。

前尘隔海。古屋不再。听听那冷雨。

别离的故事

陶 然

陶然（1943— ），香港作家，原名涂乃贤，擅长写散文和小说，著作甚丰。1960年3月离开万隆，到北京读书。“文革”期间，读了不少的中外作品。著作有《追寻》《强者的力量》《香港内外》《夜曲》《黄昏电车》等。

一

那时是何等的青春年少。异国那四季如春的山城，是我出生的地方；离开它的前几天，我觉得我正在做一件大事。欢喜成天在我的眉间舞蹈，连走路，也轻飘飘地几乎要飞上天去了。

一天中午，妈妈带我上街，就在一家常去的面店，给我点了我最喜欢吃的饺子面汤。

“孩子，你离开家，最留恋是什么？”看着我狼吞虎咽，妈妈忽然开口问道。

“我？”我一面吃，一面含糊地道：“我留恋的是我的学校，我的同学们。”

“家呢？”妈妈的语调中微微有些失望。“你一点也不留恋吗？”

“家？”这个问题几乎从来没有在我的心中引起过注意。我怔了一下，才觉得有些愧意，连忙补充，“家当然也留恋。”

妈妈大概也听出这并不是我的真实想法，她轻轻地叹了一口气，便默然了。过了一会儿，她又抬起头来问我：“你离开的时候，会不会哭？”

“哭？”我哈哈大笑了起来。“男孩子，怎么可以哭！”

妈妈笑了一笑，但我觉得好象有点勉强。我不大明白，她实在是怎么想。

离去的那天上午，我仍在兴高采烈地向邻居道别。自己一边想着，午饭一吃，我便要出发，横过太平洋，远走高飞，留下惊异的他们，心中便觉得过瘾。刹那间，我便以为自己是引人瞩目的人物，一种莫名其妙的虚荣心便得到了相当程度的满足。

时间毫不留情地在我的身边滑走，这“最后的午餐”，一下子就伸到我的面前，我突然觉得心沉了下去。全家围坐在一张桌子边，吃的是鸡粥。刚吃两口，妈妈突然掩面而去，我的眼泪一下涌了出来，但却拼命地忍着，只顾低头一口一口把粥往嘴里塞。突然呛住了，我抬起头来，正想咳一下，却瞥见爸爸一边吃着，泪水却无声地流了一脸。

我怎么都抑制不住了，“哇”的一声，便冲向洗脸间，在那里没命地哭了起来。就在这时候，我才有些意识到，我这一去，就意味着永远不能再回头。但在这以前，不知为什么，我总有个错觉，以为这不过是一次远行，去了还会回来。

但，我就象只断线的风筝，永远也回不去了。

爸爸妈妈千里迢迢跑来探我的时候，已经是十五年以后的事情了。这一别，竟会如此长久，当初我怎么会想得到！

我只记得，那年，当我走向海关时，送行的人们被铁栅栏隔在一百米以外。我提着手袋，一步挨着一步地走，并且频频地回过头去，往人丛中寻找爸爸妈妈的踪影。

我终于见到，爸爸和妈妈正在那边挥舞着手。我的眼泪又涌了上来。我放下手袋，无力地举起手，招了一招，连再多看一眼也没有勇气，便回头顺着人群向前流去。等我想到再看他们一眼时，我的视野已经给建筑物挡住了。爸爸呢？妈妈呢？全都看不见了。

就这样，我便踏上人生的旅途。眼泪模糊了我的视线，心顿时好象给分隔成几片。

要知道，在那之前，我从来没有离开过父母的身边半步呀！

那时，我才十六岁。

二

一整夜，雪就下个不停。清早起来，映进眼帘的，是一片白茫茫的世界。我的心，也象外头的气温一样，冷到零下二三十度。

她为我送行，我们漫步在雪地上，一脚踩下去，雪就涌到膝头上，阴霾的天空中，雪片仍在不断地飞旋着飘飘而下，轻灵灵的，密麻麻的。走了一大断路，彼此仍旧一言不发；大家都不知该说什么好，惟恐一句不恰当的话，会掘开暂时还隐藏在地下的伤感的泉源。

竟然到了火车站。竟然到了开车时间。

“这就走了？”她裹着蓝白方格头巾，隔着车窗，问我。

我点了点头，不吭声。我知道，只要一开口，我的泪水就会汹涌而来。

“还会来吧？”她又怯声怯气地问。

我又点了点头，尽管心中十分茫然，因为我知道我要走得很远很远。

火车猛然颤抖了一下。好象给铁锤敲了一下，我的心一缩，我看见她急遽地背转身去，两滴泪水似乎滴在我冰凉的心中。

在我的印象中，仿佛又一种朦胧的什么。然而大家从来没有承诺过什么，既无言，也未曾示意。

在大雪纷飞中，彼此心里都明白，这大约是最后一面了。而我不远千里，来到这边塞，原也只为说声“再见”。

三

由南向北，再由北向南。

但，路线已不尽相同了。人的一次来回踱步，想要准确到一厘不差地回到原地，本来就不太可能；何况人生的变化！那五千个日日夜夜，堆积在我的生命中，为脸上皱纹的出现，开了道路。

古都的最后一晚，流泄着令人留恋的柔意。我缓缓地在大街上走着，多少心头的浪花，又重新在记忆的长河中跳出。

在情感上，他是我的兄长；在事业上，他是我的师长。当我去告别时，他无言地笑着，拿出一堆刚蒸熟的螃蟹，招呼我一起吃下。

淡黄的灯光照了下来，院子里寂静一片。我们似乎没有很多话说，也许，该说的都已经说完了；也许，要说的也不知道应该怎么说。

"热爱生活，热爱人类，热爱书籍。"这是他对我的临别赠言，我一直记得一清二楚。它屡屡阻挡了偷懒和退却的想法，尽管历尽挫折，我总算还能够维持这份兴趣，直到今天。

今天经过码头，偶然见到小贩在那里摆卖螃蟹。我的心啊，不禁又飞到了那淡黄灯光下的屋子里，飞到了五年半以前的那个寂寞的晚上。

他留我住古都的最后一晚，然而我不能，我还要回收拾行装；因为，第二天一早，我便要南飞了。

他送我到大门口，缓缓的说："再见。"

我知道他是个很洒脱的人，加上多年来惯于走南闯北，他说再见便再见，绝不拖泥带水；但我仍听得出“再见”声中的感伤味道。

我们就这样分手了。巷子里灯光暗淡，街边没有青青的杨柳，只有一棵棵梧桐树。那些秋风吹送下的叶子，相互拍打着，怅然地在微带寒意的夜空中，“哗啦啦”地响动。